傻子金寶

傻子金寶

Gimpel the Fool

以撒・辛格 等著

By Isaac Bashevis Singer et al.

劉紹銘 譯

香港中文大學出版社

《傻子金寶》
　以撒・辛格 等著
　劉紹銘 譯

本中譯版:〈傻子金寶〉、〈藍鬍子皮爾特〉、〈重逢〉、〈舊情〉、〈筆友〉、〈白痴先來〉、
〈擇業記〉、〈女僕羅莎〉、〈艾普斯坦〉© 香港中文大學 2023

國際統一書號 (ISBN):978-988-237-307-5

出版:香港中文大學出版社
　　　香港 新界 沙田・香港中文大學
　　　傳真:+852 2603 7355
　　　電郵:cup@cuhk.edu.hk
　　　網址:cup.cuhk.edu.hk

Gimpel the Fool (in Chinese)
　By Isaac Bashevis Singer et al.
　Translated by Joseph S. M. Lau

Chinese edition © The Chinese University of Hong Kong 2023
All Rights Reserved.

ISBN: 978-988-237-307-5

Published by The Chinese University of Hong Kong Press
　　　The Chinese University of Hong Kong
　　　Sha Tin, N.T., Hong Kong
　　　Fax: +852 2603 7355
　　　Email: cup@cuhk.edu.hk
　　　Website: cup.cuhk.edu.hk

Printed in Hong Kong

For

Sau Ieng

Gratefully,

目 錄

出版說明

　　劉紹銘教授翻譯的《一九八四》，於二〇一九年再版，重校舊譯時，他燃起了要接着翻譯歐威爾另一部小說《動物農莊》的念頭，譯本翌年出版，教授說那是自己的「收山」之作。然而教授一生勤奮，根本閒不下來，我們乃常在旁勸他寫東西編東西，不過，他念念不忘的，始終是他自己上世紀七十年代的舊譯。幾位美國猶太作家的作品：《夥計》、《傻子金寶》和《魔桶》，他跟我們叨念過多次，說若能再版，即心事了卻。他曾明言以翻譯來言志，這幾本小說令他心繫大半生，其原因讀者當可在幾本書的譯者序中找到答案，在此不贅。

　　對比版本時，我們發現劉教授每次再版都會修訂文字，這次當然也不例外，三本書他都逐字重校一遍了。要說明的是，《傻子金寶》以往有收瑪拉末的〈湖濱女郎〉，現在這篇挪到了《魔桶》中；亦曾有版本因增收以撒・辛格三篇而刪去菲臘・羅夫的〈艾普斯坦〉，現版本把所有文章都一併收進來。

　　多年來，劉教授習慣以傳真跟我們通訊，或精警的幾句，或幾頁的文稿，現在都已成絕響。我們謹以出版此三部他念茲在

茲的著作，去紀念他、懷念他，並且謝謝他多年來為我們譯介這
些與他「志氣相投」的作品。

香港中文大學出版社編輯部

二○二三年六月六日

譯者序

　　《傻子金寶》一九七二年由大地出版社出版，集子收及小說，計有瑪拉末四篇，以撒‧辛格兩篇，菲臘‧羅夫一篇。把三位作家拉在一起，理由倒簡單：他們都是美籍猶太作家。

　　事隔十年，證明我當年對辛格等人的作品偏愛，並非感情用事。〈傻子金寶〉的作者一九七九年獲諾貝爾文學獎。他作品饒有希伯來秘教（cabalism）色彩，認為世間沒有什麼所謂不可思議的事。幽明路不隔，人鬼不殊途。這種看法，對中國讀者來說，並不陌生。辛格的小說，是橫線的「繼承」了吾國干寶和蒲松齡的傳統。

　　舊版收的〈傻子金寶〉、和〈藍鬍子皮爾特〉，已充分的表現了這種辛爾獨有的神秘色彩。但由於他的作品跨越兩個世界（波蘭和美國），而上述兩篇小說的背景，都屬於「舊世界」，這次利用新版重排的機會，我增譯了三個以「新世界」為活動中心的代表作。

　　〈重逢〉、〈舊情〉和〈筆友〉三篇小說，選自一九八一年出版的《辛格小說選集》。此集附有作者一九八一年七月六日寫的短序，談到作家臨對的問題和他個人對文學的看法，饒有參考價值，特抽譯若干要點如後：

　　作家面對的危機很多，但最嚴重的有三個。一是「作家一定要是個社會學者和政治家」這個觀念。第二是對金錢無厭的要求和急於成名的心理。

　　第三是強求創新的衝動，以為採用矯飾的詞藻與文體，加上巧妙安排的象徵，就能表達出基本的、可是千變萬化的人際關係，就可以反映出遺傳與環境交錯複雜的演變。

　　那種所謂「實驗」創作處處充滿了陷阱，不少有才華的作家都上過當。這種「實驗」害了不少新詩作品，會叫某些詩篇朦朧、晦隱、索然無味。想像力是一回事，可是如果想像力歪曲了史賓諾莎所言的「事物的秩序」，那是另一回事了。文學可以描寫荒謬，但文學本身不能變成荒謬。……

　　我的讀者中也許有人要我談談一些更「貼身」的我對人生與藝術的看法，因此我自日記抄錄下面幾句話：「我對世事的隔離，態度沒有改變。我變得意氣消沉，鎮日困鎮愁城。我給造化下了最後通牒：『請把你的秘密告訴我，否則就讓我死去吧。』我真的要躲開自己。但怎麼躲？躲到哪裏？我夢想着一種人道主義和道德觀的出現，好讓我們拒絕為造化容許罪惡存在繼續尋求理性的解釋。藝術最了不起的功用，也無非是幫助我們暫時忘卻人類的災難而已。

　　我今天還是為爭取這個「暫時」而努力。

　　從中篇〈筆友〉赫爾曼的話，我們可以看出辛格本人對人生問題的開放態度。「赫爾曼早有這個結論，現代人排斥鬼神之說

態度之堅決，一如古代人對宗教信仰之執着。這一代崇尚的理性主義，其實並不理性，因為它本身就代表着先入為主的見解。」

　　瑪拉末和其他美籍猶太作家如嗖爾·貝婁一樣，風格深受辛格影響。他作品神秘的一面，可從〈白痴先來〉看出。但瑪拉末與辛格有一個顯明不同的地方。前者是土生土長的美國猶太人，政治和商場的地位雖高，但若與美國的「草根」階級往來，常受白眼或排斥。這種經驗累積下來，就成了心中的焦慮。〈湖濱女郎〉的雷溫，就為這種焦慮所困，做起數典忘祖的事來，因而失了終生的幸福。瑪拉末小說的意境，非常接近中國人「一失足成千古恨」的古訓。〈女僕羅莎〉和〈擇業記〉中的酈寧，都飽嘗了「一念之差」苦果的滋味。

　　辛格長大於波蘭，受教育於波蘭，移民來美時，心態已定，曉得自己除了做猶太人外，別無選擇。自己後來變了美國公民，僅是個政治的意外而已。因此，他的小說人物沒有經驗到雷溫那種自卑感做成的心態緊張。辛格小說的境界，就此看來比瑪拉末的要廣闊。他的作品神秘色彩越濃厚，越顯得他對理性主義信心的破滅。

　　為了篇幅的關係，新版把菲臘·羅夫的短篇〈艾普斯坦〉刪去了。趁此機會，我向大地出版社負責人姚宜瑛先生致由衷的感謝。翻譯嚴肅文學作品，絕無列入暢銷書的機會。姚宜瑛先生不計較這點，因為她只要出好書。

　　我的翻譯是好是壞另一回事，但我挑譯的作家，是好的作家絕無疑問。十多年來我把翻譯看作言志工具。這種使命感我在〈翻譯與言志〉一文提到。不想在這裏舊事重提，因把此文收於附錄，讓讀者參考。*

劉紹銘
一九八二年十月二十二日

---

*　編按：本書仍會收入菲臘‧羅夫的短篇〈艾普斯坦〉。〈翻譯與言志〉則為《夥計》一書的序文，見伯納德‧馬拉末著、劉紹銘譯，《夥計》（香港：香港中文大學出版社：2023）。

以撒・辛格
(Isaac Bashevis Singer)

傻子金寶

　　我叫傻子金寶。我不認為我自己是傻子。其實我一點也不傻，但人家就愛這麼稱呼我。我還在學校時他們就給我起了那名字。我一共有七個渾號：白痴、驢子、傻頭、笨蛋、哭喪臉、傻瓜、傻子。但流傳最廣的還是最後那個名字。我傻在哪裏？容易受騙！他們説：「金寶，牧師太太快臨盆啦，你知不知道？」我就逃課去看她。唉，原來他們騙我。我怎知道的？因為她根本沒有大肚子。但我從未看過她肚子，這是不是真的很笨呢？那群壞蛋樂得手舞足蹈，大笑大鬧一番還不夠，居然唸起晚禱文來。而且，他們給我帶去牧師太太產後吃的，不是葡萄乾，而是羊屎。我不是個手無縛雞之力的人，如果我摑任何人一記耳光，他就會被我打到西天去。但我天性不打人。我常這麼對自己説：算了吧。他們因此就常常欺負我。

　　一天我從學校回來，聽到狗吠，我雖然不怕狗，但也犯不着先去惹牠，因為説不定有一頭是瘋的，咬你一口，那你就完了。因此我轉頭就跑。後來我回頭一看，看到整個菜市場的人都捧

着肚子大笑起來。原來叫的不是狗，是餓狼神偷拉比。我又怎知道是他呢？因為他叫得像頭母狗。

　　愛鬧事，愛惡作劇的傢伙知道我容易上當後，紛紛找我尋開心。「金寶，沙皇到法林堡了……金寶，月亮掉在土耳彬啦……金寶，何德那小子在浴室後面發現了寶藏……」而我這個笨蛋竟相信了他們。因為，一如經書所載（雖然怎樣講法我已忘記了），凡事都有可能的。第二，全城人都這樣說，你敢說個「不」字？如果你說，「呀，你真會開我的玩笑」那麻煩就來了。他們會生氣，說：「你是什麼意思？你敢說我們騙你？」我還有什麼辦法？只好相信他了，最少我希望他們會因此快樂些。

　　我是個孤兒。我祖父接養我時，他自己已有一條腿踏進棺材了。祖父死後，他們把我送到一個做麵包的師傅那兒去。唉，我在那裏真夠受的。任何一個女顧客，老的也好，年青的也好，都最少騙我一次。「金寶，天堂裏有個博覽會呢……金寶，牧師在七月裏生下一條小牛……金寶，烏鴉飛過屋頂，生下了銅蛋。」一個神學院的學生有一次來買麵包，就對我說：「金寶，你在這裏替老闆刮着鏟子時，救世主出現了，死者已從墓中復活。」「那是什麼話嘛」，我說：「我根本沒聽到羊角的號聲。」他說：「你聾了麼？」他們跟着就大叫道：「我們都聽見了！我們都聽見了！」做蠟燭的麗施這時走來，用沙啞的聲音說：「金寶，你爸媽都從墓中走了出來，正四處找你呢。」

說實在話，我心裏知道哪有這種事，但他們還在說話時，我穿上了羊毛背心，出去了。說不定真有什麼事情發生呢？反正出去走一次，也沒有什麼損失的。唉，不用說，我一出門口，他們馬上就笑得嘴巴都合不攏。因此我發誓不再相信他們了。但這又沒有什麼用處，他們實在把我搞糊塗了，使我真假不分。

於是我跑去見牧師，求他指點。他說：「經上載着，寧可一生做傻子，不可一刻做壞事。你不是傻子，他們才是傻子，因為凡令自己鄰里蒙受恥辱的人，都會失去天國。」可是這沒有阻止牧師的女兒騙我。我離開牧師教堂時她說：「你吻了牆沒有？」我說：「沒有，幹嗎？」她說：「這是律法規定的，你來一次，吻一次。」好啊，但吻一下又有什麼關係？我依話做了。惹得她笑個不停。這騙人的玩意騙得好，我上她當了。

我離開這裏，到第二個城去，但他們一知道這個，就忙着為我做媒，殷勤得幾乎把我的大衣尾撕破。他們七嘴八舌的說個不停，說得我耳朵都積滿他們的口涎了。她不是什麼三貞九烈的女人，可是他們硬說她是個童貞女。她腳有點跛，可是他們卻說她故意這樣走的，因為她很怕羞。她生了個私生子，他們卻說那是她弟弟。我大叫道：「你們別浪費時間了，我怎樣也不會娶那臭婆娘的！」但他們氣憤憤的說：「你怎可以這麼說話！你不覺得羞恥麼？你這樣詆毀人家名譽，小心我們到牧師去告你。」這時我已知道他們不敢輕易的放過我的，因為我看出他們

已決心作弄我到底。可是我想男人一結婚不就成了一家之主了麼？如果她答應，我也無所謂。而且，一個人根本不能過一生而一點也不受到傷害。我連想也不敢這麼想。

我到她那間建在沙地上的泥屋去。他們高歌擊鼓而來，好像是一群獵熊人。到了艾嘉的門口時，他們停下來了，因為他們實在怕惹她。她嘴巴好像上了鉸鏈，輕輕一碰就開了，一開了就不會饒人。我進了她的房子。裏面牆上掛滿了晾衣服的繩子，也掛滿了衣服。她光着腳站在木盆旁邊，正在洗衣服。她穿着一件破舊的(大概是從祖宗傳下來的)絲絨長上衣。她把頭髮扎成許多小辮子，髮夾夾得滿頭皆是。頭上傳出來的臭氣，悶得我幾乎昏過去。

看來她早已知我是誰。她望了我一眼，說：「看誰來了！傻子來啦，找張椅子坐下吧。」

我把來意說了。什麼也沒瞞她。「告訴我實話罷，」我說：「你是不是處女，那個小頑皮耶奇兒真的是不是你的弟弟？別騙我，我是個孤兒。」

「我也是個孤兒，」她回答說：「誰騙你，誰就不得好死。他們最好不要以為我好欺負，佔我便宜。本姑娘要五十基爾德(荷蘭錢幣名，譯註)嫁妝，就讓他們去募捐好了。若是沒有這個錢，他們來舐本姑娘的屁股。」她話說得真坦白。我說：「嫁妝該是由新娘付的啊，哪裏有由新郎付的？」她卻說：「別跟我討價還價，要就要，不要就拉倒——你請便吧。」

　　我想：沒有米怎去燒飯？但我們這地方還不算窮，於是他們便答應下來，準備婚證，碰巧那時城裏流行赤痢病，婚禮於是在墳場門口靠洗屍房附近舉行。那些傢伙喝得酩酊大醉。正準備着結婚契約時，我聽到那位至高無上的牧師問：「新娘是不是寡婦？有沒有離過婚？」教堂內一位司事的太太，代她答道：「又是寡婦，又離過婚。」我驟覺天旋地轉。但我有什麼辦法？難道在這個時候逃麼？

　　那些傢伙又唱歌，又跳舞。一個老太婆抱着一個蛋糕，在我面前跳起舞來。婚證完畢後，收到禮物很多，有切麵條的木板、捏鉢、水桶、掃帚、杓子，和其他家庭用具。我抬頭一看，竟見兩個小伙子扛着一個搖籃來。「我們要這個來幹什麼？」我問。「別為這事傷腦筋了，」他們說：「到時你會用得着的。」因此我馬上知道他們又要打我的主意了。算了吧，我想，我還會損失些什麼東西呢？我就等着看他們出什麼花樣好了。這個市鎮的人，不可能全是瘋子的。

　　晚上我爬到妻的床上去，但她不准我上去。「諾，我們大家評評理，他們要我們結婚，不為這個為什麼？」我說。但她說：「我月經來了。」「但你昨天才做了沐浴儀式，那不是要在月經來了以後才能舉行的麼？」「昨天是昨天，今天是今天，」她說：「你不高興，請便！」我只好等，那還有什麼話說的。

二

結果不到四個月，孩子生下來了。他們用手掩着嘴，偷偷的笑着。我有什麼話説的？她痛苦不堪，拚命的往牆上抓。「金寶，」她喊道：「原諒我，我要去了。」一屋子都是女人，她們忙着燒開水，喊聲震天。

唯一的辦法就是到教堂去唸聖詩。

鎮裏面的人果然喜歡我這樣做。我站在教堂一角唸經文和唱讚美詩時，他們就對我搖搖頭道：「唸吧，唸吧，」他們説：「唸下去吧，唸經也不會使女人肚子大的。」他們中有一個人把一根稻草放到我嘴裏説：「給母牛吃的草。」他的話也蠻有道理的，唉！

她生了個男孩子。禮拜五在教堂裏面，司事站到諾亞的方舟前面，拍着唸經書的檯子宣布：「大闊佬金寶先生請諸位參加他為慶祝他的公子出生而設的宴會。」立時教堂笑聲爆了出來。我的臉紅得發紫，但我有什麼辦法呢？總之，我是唯一負責給那孩子受割禮手續的人就是。

半個市鎮的人都跑來了，擠得真是水洩不通。女人帶了胡椒荳來，酒鋪送來了一桶啤酒。我跟他們一樣的盡情吃喝。跟着孩子就行了割禮。我給孩子起了我祖父的名字——願他息止安所。客人走後，只剩下了我和艾嘉二人，她從帳子裏探頭出來，叫我過去。

「金寶，」她説：「你一句話也不説，幹什麼？你的船沉了麼？」

「我説什麼好呢？」我答道：「你對我真幹得好事，如我媽媽知道，她一定會氣得從棺材裏跳出來。」

她説：「你瘋了，她氣什麼？」

「你怎可把我這個一家之主像對傻子那麼看待，害得我在人家面前成笑柄？」我説。

「你怎麼搞的？」她説：「你腦袋裏又着了什麼邪了？」

我看到我非直接了當跟她坦白的談談不可。「你怎可以這樣子欺負我這個孤兒？」我説：「你生的是個小雜種。」

她答道：「你少疑神疑鬼罷，孩子是你的。」

「這怎可能的，」我分辯道：「我們結婚才四個多月，他就生下來了？」

她告訴我孩子是早產。我説：「是不是太早產了點啦？」她説她的祖母也是這麼早產的，因此有其祖母必有其孫女。她指天誓日，話説得那麼誠懇──如果你在市場上聽到一個村婦説這些話時，你也會相信她的。老實説，我不相信她的話。但第二天我跟我們學校裏的老師提起時，他説亞當和夏娃也發生過這種情形。他們兩人上床，四個人下來。

「世界上沒有一個女人不是夏娃的孫女兒，」他説。

這就是了。他們把我講得無話可説，但誰知道這些事情究竟是怎樣的？

我忘記了我的苦惱。我愛那孩子愛得發狂，而他也很愛我。他一見我來就舞動小手要我抱，而他患疝氣時，只有我才

可以使他安靜下來。我買了一個小小的骨圈(小孩子出牙時用來咬的)和一頂鑲金線的帽子給他。他看到別人時，每易中邪，我只得趕去買一道驅病符來給他貼上，以驅邪氣。我工作辛苦得像頭公牛。你知道家中添了一個小孩會增加多少費用麼？我不想說謊話，但我實在沒有討厭艾嘉。她一天到晚就咒罵我，永不厭足。呀！她威力真不少！只要她看你一眼，你就連說話也沒氣力了。而她自己的話呢？咳！真精彩，慷慨激昂，咄咄迫人。可是奇怪，聽來卻非常悅耳。我對每一個字都欣賞極了，雖然她罵得我體無完膚。

到晚上我買了一條白麵包和一條黑麵包給艾嘉，另外再加上幾個我自己烤的罌粟子麵包卷。我為她而偷。凡經過我手的東西我都拿走：杏仁餅、葡萄乾、杏仁和其他點心。連女顧客在禮拜六拿到我老闆店裏烤爐烤的東西我也偷走。願上帝寬恕我。我偷肉、偷布丁、偷雞腿、偷雞牛的肝臟和任何我可以偷得不着痕跡的東西。這些東西她吃了長得白白胖胖的。

從禮拜一到禮拜四我都在麵包店裏睡。禮拜五晚上我回來時，她總有藉口拒絕我，要嘛是胃氣痛，要嘛是腰部扭傷了，再不然就說頭痛，甚至打嗝也是一種藉口。你知道女人是不愁沒有藉口的。這把我害得真慘。還有更慘的是，她的「弟弟」——那小雜種——長得越來越大了。我給他打得青一塊紫一塊的。我一要還手時，她就破口大罵，氣勢如虹——我看見一團團綠火自她口中噴出。她一天最少有十次用離婚來恐嚇我。換了別

人，早就逃之夭夭了。可是就碰到我這種人，強忍吞聲，沒有發過半句怨言。有什麼辦法呢？肩膊是上帝給我的，負擔也是祂給我的。

一天晚上麵包店出了大禍，竈子發生爆炸，幾乎釀成火災。除了回家以外，沒有什麼事情可做的了。讓我今天享享躺在自己床上的滋味罷，我這麼想着。我不想吵醒在熟睡中的小寶寶，所以尖起腳進去。到了房子內，我聽到的，好像不止一個人的鼾聲，而是兩個人的，一個靜得可以，另外一個則吵得像條待宰的公牛。呀，這不像話，這太不像話了。我走前床前一看，唉，我的媽！躺在艾嘉旁邊的是個男人的身體。換了別人，準會鬧得天翻地覆，但我想到一吵起來，定會把小寶寶吵醒。這麼小小年紀的孩子，何必嚇壞他呢？好吧，我就回到麵包店在麵粉袋上躺着，睜着眼到天亮。我像染了瘧疾一樣的渾身發抖。「夠了，夠了，我受夠了，」我對自己說：「金寶不能一輩子老做笨蛋。即使像金寶這樣一個傻子也有限度的。」

早上我找牧師去，聽聽他的意見，想不到全鎮竟為此哄動起來。他們立刻差人去喚艾嘉來。她抱着孩子來了。你猜她怎樣做？她壓根兒不承認有這回事。「他着了邪了，」她說：「我不知他在夢中看到了什麼怪事。」他們對她叫喊着，警告她，拍着檯子罵她，但她還是面不改容。她說我寃枉她。做肉店生意的和販賣馬匹的都替她說話。一個在屠場工作的小子走過來對我說：「我們不會放過你的，你小心點。」這時孩子剛撒起野來，弄

得滿身都是。法庭內擺着諾亞的方舟，哪裏能容得了這種事？因此他們就打發艾嘉走了。

我問牧師：「我現在怎辦好呢？」

「你得馬上跟她離婚，」他説。

「她要是拒絕的話，那怎辦？」我問。

「總之你離婚就是了，」他説。

「好罷，牧師，我想想看，」我説。

「沒有什麼好想的了，」他説：「你不能再與她同住。」

「我要看孩子時怎辦？」我問。

「就讓這淫婦和她的小雜種去罷，」他説。

他給我的命令是：我有生一日，永不能越過她的門檻一步。

在白天我倒不覺得怎樣的難受。我想：這是無可避免的事，這個膿瘡總歸有一天要裂開來的。但晚上我躺在麵粉袋時，我就覺得難過。我想她，也想孩子。我要生她的氣，但倒霉的是，我實在不能生很大的氣。首先——我這麼想——人有時總會犯錯誤的。你不能一輩子不犯些錯誤。説不定那個陪她睡覺的人用甜言蜜語和禮物之類去引誘她，而女人是頭髮長知識短的動物，因此他就得手了。而且，既然她這麼堅決的否認這回事，説不定我真的看錯了。疑心有時真的會生出暗鬼來的。你以為看到的是一個人的形象或一個人體模型，但你走近再看一眼時，什麼東西也沒有看見。如果真的是這樣，那我是冤枉了她了。想到這裏，我哭了出來，哭得麵粉袋都濕了。第二天一

早，我跑去見牧師，告訴他我犯了錯誤。牧師用羽毛筆把我的話記下來，說如果真的是這樣，他就要重新考慮這件事情了。但他告訴我在他得到結論時我仍不能接近艾嘉，但我可以差人送錢和麵包給她。

三

我教堂的牧師花了九個月的時間和其他牧師通訊，還未取得協議。我以前真想不到解決這樣一件事情居然需要這麼大的學問。

艾嘉這時又生了個孩子，這一次是個女孩子。安息日那天，我到教堂去為她禱告一番。他們叫我到祭壇去，我就給她起了她外婆的名字——願她息止安所。鎮上各式各樣的無聊人物和長舌婦都跑到麵包店來戲弄我一番。我的不幸和哀傷給整個法林堡帶來了無限生氣。可是，這時我已決定了今後人家對我說什麼，我就相信什麼。不相信人家的話有什麼好處？今天你不相信太太，明天你就不相信上帝了。

麵包店裏有一個學徒剛巧住在我太太的隔壁，因此我每天託他帶點小東西回家給她，如玉蜀黍、麵包，和其他的餅食。或者，如果碰到機會的話，就託他帶些布丁、蜜糖餅和結婚禮餅之類的東西——總之，完全看我手頭上哪一種方便。那小學徒心地很好，常常自己也帶一點東西給艾嘉。他以前常常煩我，捏我的鼻子，敲我的肋骨，但自從他給我送東西給艾嘉後，他就變得客氣起來。

「喂，金寶，」他對我說：「你太太和兩個小孩都很好嘛，你實在不配」。

「但要是你聽到人家說她的閒言閒語就不會這麼想了，」我說。

「咳，他們這種人愛嚼舌頭，」他說：「管他們幹什麼？他們的話，當作耳邊風聽好了。」

一天牧師差人來傳我去。他問：「金寶，關於你太太的事，你真的看錯了？」

我說：「真的。」

「但你不是自己親眼看到的麼？」

「我看的，一定是個影子，」我說。

「什麼影子？」

「我想一定是條橫樑的影子吧。」

「那麼你可回家了。你得謝謝在楊志華那邊的牧師，他在麥孟尼底的著作裏找到了一個很幫你忙但不大為人所知的引證。」

我拉着牧師的手親了親。

我想馬上跑回家去，與妻兒隔別了這麼久，實在不是滋味。但隨後我想：還是先回去工作罷，晚上再回家好了。雖然我心裏好像是遇到了大節日那麼高興，但對別人我卻一字不提。那些長舌婦如常地嘲笑我，揶揄我，但我心頭說：你儘管說罷，事實已像浮在水面的油一樣，擺得明明顯顯了。既然麥孟尼底說這是對的，那麼這就是對的了。

到了晚上，我把生麵糰蓋了起來，讓它發漲。我拿了自己那份麵包和一小袋麵粉，然後回家。月亮圓圓的，星光閃耀，真教人心裏害怕。我匆匆的忙着趕路，忽然我前面有一個黑影急竄而過。時在冬天，天剛下了雪。我想到要引吭高歌一番，但夜已深，而我不想吵醒人家。於是我又想到要吹口哨，但突然想起在晚間不能吹口哨的，因為這樣子會把魔鬼引出來。我只好默默地走，加快腳步走。

我走過人家屋子的後院時，裏面的狗大叫起來。我想：叫吧，叫個痛快吧，你是什麼東西？還不是一條狗？我呢，可不同了，我是個人，是一位賢淑太太的丈夫，兩個聰明伶俐的孩子的父親。

快到家時，我的心跳得厲害，好像犯了什麼彌天大罪似的。我倒不害怕，只是我的心不知為什麼老是撲通撲通的跳。呀，千萬別回頭了。我靜悄悄的托起門閂，踏進屋內去。艾嘉已睡了。我往睡在搖籃裏的嬰孩看了一眼。窗簾已拉上，但月光透過縫隙射進來。我一看見了那新生女嬰的面，就馬上喜歡得說不出話來。

我走到床前去。你猜我看到躺在艾嘉旁邊的是誰？給我送東西給她吃的學徒！月亮忽然掩沒了。室內黑暗異常。我顫抖起來。牙齒咯咯地響着。我手上拿着的麵包掉了下來。艾嘉醒來，問道：「誰呀？」

我喃喃地說：「是我。」

「金寶？」她問道：「你怎會到這裏來？我以為你是不准來的。」

「牧師説我可以，」我回答説，渾身發抖。

「金寶，你聽我説，」她説：「到羊棚去看看我們的羊怎樣，牠好像是病了呢。」我忘了説我們有一頭山羊，因此我一聽到牠生病時我就跑到後院去。我們那頭母山羊實在是頭可愛的小東西，我對牠生出了一種近乎對人的情感。

我躊躇的走到羊棚，開門進去。那頭母羊好端端的站在那裏，我渾身摸了牠一下，拉了拉牠的角，檢驗了牠的胸部，找不出什麼毛病來。説不定樹皮吃多了。「晚安，小東西，」我説：「好好的照顧你自己。」牠「唔咩」的叫了聲，好像是要多謝我對牠的好意似的。

我回去時，那學徒已經走了。

「那小子到哪裏去了？」我問。

「什麼小子？」我太太反問道。

「你這是什麼意思？」我説：「那麵包店的學徒呀！你剛才跟他睡覺的那傢伙。」

「我真希望今天晚上和前天晚上做夢做到的事成為事實，」她説：「希望你倒地不起，從此完蛋。你一定是給魔鬼迷了，使你看也看不清楚。」她大聲叫喊出來：「你這龜兒子，你這白痴，你這死鬼，你這臭傢伙，快滾出去，不然的話我就大聲叫喊，把全法林堡的人都吵醒。」

　　我連動一下都沒機會，因為這時她的「弟弟」從竈子後面跑出來，一記打在我頭後面，我想這回我的脖子要斷了。我覺得我在某些地方上一定錯得很可怕了，因此我說：「別鬧啦，要是人家聽見，就真的會指控我與魔鬼為伴，那時就沒有人敢買我的餅食了。」

　　我說這話後，她總算平靜了下來。

　　「好罷，」她說：「那你躺下來，慢慢再將你砍成碎片。」

　　第二天早上我把學徒叫到一邊來。「兄弟，你聽着，」我說。我就如此這般的跟他說了。「你說什麼？」他瞪着眼問我，好像我是剛從屋頂掉下來似的。

　　「我絕不騙你，」我說：「你最好馬上去找個草藥醫生看看，我怕你是有些毛病了，但我會替你守秘密的。」那件事就這麼結束了。

　　閒話少提，我跟艾嘉一共做了二十年夫妻。她給我生了六個孩子，四個女的，兩個男的。這二十年間發生了不少事情，但我既不聽到，也沒看見。我相信一切，就是這麼簡單一回事了。牧師最近對我說：「信仰本身就有好處。經書都載着說好人靠着信仰來生存。」

　　突然間我太太病了。起初沒有什麼，僅是胸前起了一小硬塊而已。但她顯然是命中註定活不長的了。我為她花了不少錢。噢，我忘記說我現在已經有了自己的店了，在法林堡可算得上是有錢人了。每天都有醫生來，連附近的巫醫都請來了。

他們先用水蛭，後改用杯吸法。他們甚至從盧布林請了個醫生來，但已太遲了，她死前叫我到床前來，對我說：

「金寶，原諒我！」

我說：「有什麼好原諒的？你一直是我忠心的好太太。」

「唉，傻子，可憐，」她說：「這些年來我一直都在騙你，說來難為情，但我要去見上帝了，我要把自己弄得乾乾淨淨的，我要告訴你的是：孩子都不是你的。」

即使我在頭上給人用木棒擂一下，其情形也不會比我目前迷惑。

「那是誰的呢？」我問。

「我也不知這，」她說：「很多人的 …… 但都不是你的就是。」她說完後，頭別過一邊，兩眼一翻，就撒手了。但她蒼白的嘴唇上仍留着一分笑意。

我想她雖然死了，但她仍在說：「我騙過了金寶啦，這就是我短短的一生的意義了。」

四

一天晚上，喪期已過，我正躺在麵粉袋做夢時，魔鬼出現了，對我說：「金寶，你睡着幹嗎？」

我說：「不睡覺幹嗎？吃花生米麼？」

「每個人都騙你，」他說：「你也該騙騙他們。」

「我怎可以騙盡全世界的人？」我問道。

他答道：「你每天可以把尿積在桶子內，到晚上就往生麵糰裏一倒，這樣子整個法林堡的聖人聖女都要喝你的金湯了。」

「最後審判來時怎辦？」我問。

「沒有什麼最後審判的，」他說：「他們賣了你一批假貨，笑你心存鴻鵠，真笑掉我的大牙！」

「那麼上帝呢？」我問。

「上帝也不存在的，」他答。

「那究竟有什麼存在呢？」我問。

「一片污泥。」

他站在我前面，長着山羊鬍鬚，頭上有角，牙齒長長的，還有一條尾巴。聽了他這麼說，我真想抓着他的尾巴，但我從麵粉袋摔了下來，幾乎跌斷一條肋骨。湊巧這時我有天然需要，路過時，看見生麵糰高高的鼓起，好像是對我說：「來吧。」

我受不住誘惑，幹了。

天剛發白，學徒來了。我們一同捏着麵包，撒上了香菜子，就放到烤爐去烤。學徒走後，我在烤爐旁邊一堆碎布坐下來。諾，金寶，他們欺侮了你這麼久，現在你已報了仇了。外面雪光映眼，但烤爐旁邊是溫暖的。火光照在我的頭上。我低下頭，打起盹來。

我馬上夢見了艾嘉，穿着壽衣。她叫我一聲：「你做了什麼事了，金寶？」

「都是你不好，」我說，跟着哭了出來。

「你這傻蛋，」她說：「就因為我不誠實難道每個人就不誠實了麼？其實，我騙不到任何一個人，只騙了自己。我現在受到報應了，金寶，這兒一點也不馬虎。」

我朝她的面望了一眼。黑黑的。我大吃一驚醒來，坐着發呆。我這時察覺到事事有因果的。我如走錯一步，就會因此失去永生。上帝及時救了我。我抓了把長鏟，把麵包搬到後院去，在雪地上掘了一個洞埋在裏面。

我的學徒回來時我還是掘着。「老闆，你在幹嘛？」他說，面色蒼白如死屍。

「我自有道理的，」我說，就在他眼前把麵包都埋起來。

然後我回家去，把儲藏從隱蔽的地方取了出來，平分給我的兒女。「我今天晚上看見你們的媽媽，」我說，「她全身發黑，可憐極了。」

他們嚇得呆了，一句話也說不出來。

「你們自己珍重，」我說：「把金寶這個人忘記，就當他從未活在世上好了。」

我穿上了短大衣和一雙長筒靴，一隻手挽着一個袋子（裏面裝着祈禱時用的圍巾），另一隻手則拿着其他雜用品，街上的人見到我時，都感到詫異不已。

「你到哪裏去了？」他們問。

「雲遊四海去了，」我說，跟着就離開了法林堡。

我到處漫遊，善心的人也沒有待薄我。多年後，我老了，

頭髮也白了。我聽來了很多故事，其中有不少是有關欺詐瞞騙的。可是我活得越久，越明白世界上根本是沒有謊話的。白天裏發生的事，晚上就會夢見。如果這事不發生在你身上，就會發生在別人身上。今天不發生明天就要發生，明天不會後天就會，後天不會就明年會，或下個世紀會。遲早有什麼關係呢？總之會發生就是了。我常常聽到一些故事，隨後就說：「不，這種事不可能發生的。」但不到一年工夫，我就聽到我所說的不可能發生的事在別處發生了。

既然我到處流浪，到處與陌生人同飯桌，我就不得不常虛構故事——有關魔鬼、魔術師和風車這類絕不可能發生的故事。小孩子跑着跟在我後面，叫道：「老伯伯，給我們說故事。」有時候他們指定我講某一個故事，我就說給他們聽了。一個胖胖的孩子有一次對我說：「老伯伯，這故事你不早就說過了麼？」這小鬼，他說得對。

夢也是一樣，我已離開法林堡多年了，但只要我一閉上眼睛，我又回到那裏去了。你猜我見到誰呢？艾嘉！她還是和我初見她時一樣，站在木盆旁邊。但她現在容光煥發，兩眼發出好像聖人眼睛發出來的亮光。她跟我講的話，是外國話，奇奇怪怪的事情。我醒來時就忘得乾乾淨淨。但在夢中，我覺得舒服極了。她答覆了我所有的問題，最後無非證明了一點：世界上沒有什麼謊話的。我哭着求她：「就讓我跟你在一起罷。」她安慰了我，要我忍耐，說時間快到了。有時她撫摸着我，吻

我，淚水流到我的面上。我醒來時仍感覺到她嘴唇的存在，嚐
到她淚水中的鹽味。

　　不用說，一離開真實的世界後，整個世界都是虛幻的世界，
我現在躺着的小屋前面，就有一塊抬死屍的木板。掘墓的猶太
人已拿着鏟子準備好了。墳墓在等着我。蛆蟲已經餓了。我的
壽衣也準備好 —— 我常把它放在我的乞丐袋內。另外一個叫化
正等着繼承我的草床呢。時間一到，我就欣然就道。不管第二
個世界裏面有什麼東西，但最少會是真的、單純的、沒有人欺騙
我，揄弄我。感謝上帝，因為在那裏即使痴呆如金寶也不會受
騙了。

藍鬍子皮爾特

一

我是土耳彬人。我們的城裏也有一個藍鬍子,名叫皮爾特。他有過四個太太,但是,這四個太太都給他送上了西天,女人究竟喜歡他什麼,我不知道。他長得矮胖壯健,鬍子粗粗亂亂,佈滿血絲的眼睛,突了出來,看他一眼你就會害怕。他吝嗇成性,其可怕程度,可說舉世無雙。一年四季,不論陰晴風雨,他都穿着那件夾布土耳其長衫和一雙生牛皮鞋子。可是他闊得很呢。他有一間寬大的磚屋,儲藏室滿載米糧,城裏還有產業。他有一個至今令我印象難忘的箱子,外面除了皮裹着,還另加銅箍,以防火警。他又怕有人來偷,乃把箱子釘在木板上。據說裏面是個大寶藏。但即使如此,我仍想不通為什麼一個女人要嫁這樣一個男人。第一第二個還情有可原,因為她們都出自貧家。第一個是個孤兒,因此沒有任何嫁妝就嫁過來。第二個則是個一文不名的寡婦,她窮得連汗衫都沒有——請千萬別見怪我這樣說。今天的人妄談愛情,他們以為在做人以前曾經一度做過天使。廢話。我們這個醜八怪,居然迷上了這個小寡婦了,弄得整個土耳彬的市民都暗暗地偷笑起來。他

已是四十多歲的人了，而她還是個小孩子，大概十八歲的樣子，也許更少。總之，好心的人和親友都出來阻止，事情幾乎鬧僵。

　　結婚後不久，這位年經的太太就抱怨説他的行為有點不對了。千奇百怪的事傳了出來——願上帝不怪我多嘴。這個人又狠又毒。早上在他未出來祈禱以前，她問他：「午餐你要吃些什麼？清湯或羅宋湯？」他就説：「清湯。」因此她就給他弄清湯。後來他回來就埋怨她説：「我不是告訴過你我要吃羅宋湯的麼？」她辯道：「是你自己説要清湯的。」他就説：「那你説我撒謊了！」説完，也不給你回答的機會，就氣沖沖地拿了一塊麵包和一個蒜頭，跑回教堂去吃。她跟着他在後面走，叫道：「我給你煮羅宋湯好了，別在人家面前丟我的醜！」但他連頭也不回。教堂內有不少年青人在看書，看見他就問：「怎搞的？你怎會在這裏吃飯？」「我太太趕我出來。」他説。閒話少提，總之，他這種脾氣，不久就趕了她到墳墓去。人家勸她跟他離婚時，他就以離開她，拋棄她作為威脅。有一次，他真的走了，但被人家在雅羅夫路近關柵處截了回來。他太太看見他真的遺棄她，躺在床上鬱鬱而終。「我是因為他的緣故而死的。」她説：「但我不想指控他。」全市的人都因此激動起來。有幾個屠夫和血氣方剛的青年人很想教訓他一頓（因為她是跟他們同等級的人），但為其他市民阻止。他是有錢人嘛。正如俗語説的，「死者已矣，」其餘一切，也很快就隨着煙消雲散了。

　　一晃就是幾年。他沒有再婚，也許是他不要結婚，也許是沒有合適的對象。總之，他現在是鰥夫一名。女人對此，極感興趣。他比以前更是一毛不拔了，邊幅不修得令人一見就噁心，他只在星期六稍吃點肉，但吃的要不是肉屑就是肉皮。其餘六天，他吃的都是乾糧。麵包是自己烤的（用穀皮喬玉蜀黍來做原料）。他不買木塊來做燃料，僅靠晚間拿了袋子在麵包店附近撿來的竹皮木屑來充數。他衣服有兩個大袋子，在街上看見什麼東西就往袋裏一塞，其中包括骨頭、樹皮、繩子和碗碟的碎片。他把這些東西都堆在閣樓上，高高的堆到屋頂去。「以備不時之需」，他平常這樣說。在買東西時討價還價方面，他是個大學者，能在任何場合裏引經據典一番，雖然他平常很少說話。

　　我們都以為皮爾特會鰥居一生的，誰料突然聽到一個晴天霹靂的消息：他居然和佛力先生的千金芬克訂婚了！芬克是誰？我們城內最漂亮的小姐。出自最好的家庭。他父親是個大富豪，據說書籍都用絲來包裝。只要市內有婚禮舉行，樂師在陪伴新娘到聖泉去潔身時，總會在佛力先生的窗前奏一曲才離開。佛力先生一共有七個孩子，死了六個，芬克因此成了獨女。她本來已經結了婚，丈夫是布洛特人，年少多金，博學多才，是個難得的君子。我只在他走過時才見過他一次。他穿着花紋長袍，鞋子漂亮，襪子是白色的。但天有不測風雲，婚禮一完成後他就昏倒了。他們喚了昔緒醫生來，用水蛭幫他吸血，但人怎與命爭？佛力先生馬上派人到盧布林去請大夫來，但你知道盧布林

離開土耳彬很遠，醫生來到時他已撒手西歸了，全土耳彬的人都為此傷心不已。老牧師來致了頌詞。我只是個無知識的鄉下人，但牧師所講的話給我們的印象很深。除我以外，差不多每個在場的人都記得牧師說的話。「他為追尋歡樂而來，想不到得到的卻是憂傷……」他是這樣開始的，即使他的敵人也哭了，我們女孩子晚上哭得連枕頭也濕了。芬克，自小嬌生慣養的芬克，逢此巨慟，連話都說不出來了，她母親本已去世，而她的父親受此打擊後沒多久就死了。芬克繼承了所有的遺產，但錢有什麼用？她對什麼人也懶得說話。

突然間，在冬天一個禮拜四的晚上，我們聽到了芬克要嫁給皮爾特的消息，驟覺一陣寒氣從脊骨傳來。「這個人是魔鬼！」我媽媽叫道：「我們不能留這樣一個人在這裏。」我們小孩子更怕得要死。我本來是一個人睡的，但那天晚上我爬到姐姐的床去跟她一起睡了。那天晚上我發了燒。這門婚事，到後來我們才知道是市內一個吃閒飯的人撮合的，據說他跟皮爾特借了一本書，在書中發現了一張一百盧布的鈔票（皮爾特有把紙幣藏在書裏的習慣）。這跟他們間的婚事有什麼關係我就不知道了，因為我那時仍是小孩子。但那有什麼分別呢？芬克答應嫁他了。上帝要懲罰人時，就先讓他瘋狂。親戚朋友一獲悉這消息後，都跑來勸她，想盡各種辦法去勸她，但她死也不肯改變主意。婚禮如期舉行。主持婚禮的人在教堂門外搭了個天蓬（這是童貞女結婚時的習慣），但在我們看來這不是婚禮而是葬禮。舉行婚禮

時有兩排女孩子手持蠟燭，站在前面，而我是其中一個。這時是夏天傍晚，沒有風，但當新郎走過我們前面時燭光突然搖曳起來。我嚇得一直在發抖。樂師奏起音樂──但奏出來的調子是陰森森，不像喜慶的音樂。大提琴嗚咽着，我真希望你這一輩子不會聽到這種音樂。說實在話，我不想再說下去了，免得你晚上做惡夢。什麼？你還要聽？好罷，那你帶我回家好了，我不敢一個人走回家。

二

我說到哪裏？噢，對了，芬克結了婚。她看來像具活僵屍，不像個新娘，要女嬪相扶着走路。說不定她會改變主意的，誰知道呢？這不是她的錯，因為一切均是天意。有一次我聽說過新娘在婚禮進行的當兒逃走的故事。但我們的芬克沒有這樣做。她寧願自己活活燒死也不願別人因此丟臉。

如果我不告訴你這事的結局，你自己會不會猜到？我得先說明一點，這一次他並沒有使用他平日的技倆，反之，他居然安慰她起來！可是，他自己卻整天愁眉苦臉的，弄得家中非常不快。為了打發時間，她一天到晚忙着做家務。此外，她不斷的有年輕的女客人到她家裏來坐，好像她剛生了孩子似的。她們給她說故事，打毛線，縫新衣──總之，她們想盡了各種方法幫助芬克打發日子。有些人甚至暗示她嫁得不錯，因為皮爾特既有錢，又是個學者，說不定他會因與她相處的關係而改變過來。她們都認為

芬克很快就會有小孩子，一有小孩子後生活就好過些了。世上不幸的婚姻多着呢。但命中註定的，又不是那回事。芬克孩子是有了，但流了產，流血不止。他們從沙摩斯請來了醫生。醫生吩咐她今後不要讓自己空閒着。此後她再沒有小孩，而麻煩也跟着開始了。他折磨她，此事已成公開秘密，但當人家問她：「他對你怎樣了？」她往往就說：「沒有什麼呀。」「如果真的沒有什麼，那你眼睛為什麼是青一塊紫一塊的呢？為什麼你整天都像無主孤魂的樣子？」但她只淡淡的說：「連我自己都不知道。」

　　這情形維持了多久？比我們想像的還要久。我們都以為她過不了一年的，但她居然熬了三年半。她像燈光一樣熄滅。她的親戚原要送她去洗溫泉浴，但她拒絕了。她的情況越來越壞，到後來我們都為她禱告，覺得她越早離開這個世界越好。這聽來雖然可怕，但以她而論，實在是死去比活着好，因為連她也在詛咒自己。她死前差人請牧師來替她立遺囑，大概是她要把遺產捐出來給慈善機構。這當然啦，難道留下來給殺她的兇手麼？但命運一再給她為難，因為突然間一個女孩子叫了出來：「火呀！」自然，每個人都忙於照顧自己的東西和逃命去了。後來大家才知道原來並沒有火警。「你幹麼叫『火呀』呢？」他們問那女孩子道。她說並不是她叫火警的，是她裏面一些什麼東西叫出來的。就在那個時候芬克死了，皮爾特也就繼承了她的財產，現在他成了市內最有錢的人，但在買墓地埋葬芬克時，他跟人家一分一毫的爭論了半天，最後以半價買的。

　　自此以後，大家就叫他藍鬍子皮爾特。一個男人結婚兩次，結果兩個太太都死了——這種事，雖然不常見，但也不能說是絕無僅有。但到芬克死去後，人家就一直以「殺妻兇手」目之。在猶太學校讀書的學生一看見他來，就指着他叫道：「殺老婆的人來了！」居喪七天以後，牧師就叫他來談話。「皮爾特先生，」他說：「你現在是土耳彬最富有的人了，城裏的商業區一半的店鋪是屬於你的，上帝幫助你成了一個偉人，可是你也該改變一下你的作風了。你還要像以前一樣的獨來獨往麼？」但牧師的話他一點也不感興趣，你問他這個，他就答那個，顧左右而言他。或者只咬着嘴唇，一語不發，使你覺得比對聾子講話還要痛苦。牧師發覺到多言也是無益，就叫他走了。

　　自此以後好久沒聽到有關他的什麼消息。他又開始自己烤麵包了，燃料都是街上撿來的竹頭木屑，大家像在躲瘟疫一樣的躲避他。他很少到教堂來，而大家也樂得不看見他。一到星期日那天，他就帶着賬簿去收賬或利息。他一分一毫都記得清清楚楚，從沒有絲毫錯誤。如果店東說手頭不便，要他改天再來的話，他就站在那裏不走，用他那雙金魚眼瞪着，直瞪到對方也煩起來了，把家中最後一分錢也拿出來給他才走。除了禮拜日外，其餘的六天他都躲在廚房某一角落裏，這種日子他最少過了十年——說不定十一年，我已經不大記得清楚了。那個時候他最少也有五十多歲，說不定已是六十多了，市內的人，再沒有肯為他做媒的了。

　　但後來有些事發生了，我要告訴你的，就是這件事。我真夠資料寫出一本書來，但我還是簡簡單單把經過說出來的好。土耳彬市有個名叫「惡婦史拉特的女人」(有時人家也叫她「哥薩克婆史拉特」)。顧名思義，她為人如何，不問可知。本來，人死了就不應再說她的閒話，但事實又不能夠不講出來——她是個最下賤最無恥的女人。她和她丈夫都靠賣魚為業。她年青時的所作所為，說起來也教人面紅，她行為放蕩，到處都留下個小雜種，此事已人所共知。他丈夫以前在貧民院裏工作，在那裏他不但搶人家的東西，而且還常常毆打那些老弱病者。至於他為什麼突然做起漁夫來我就不得而知了。但這個我們且不管他。他們夫婦二人每到禮拜五就攜了個魚筐到市場來兜賣——但不管你買不買他們的東西，你總要捱他們一頓罵。各式各樣罵人的狠毒話從她嘴裏連珠炮般發出來，如果你說一聲她給你斤兩不足，她就執着魚的尾巴給你來個迎頭痛擊。不知有多少女人的假髮給她扯下來過了。有一次，她被控偷竊，她居然跑到牧師那裏去，在洗死屍板和黑蠟燭前發起假誓來，說自己是冤枉的。她丈夫名叫愛寶 (好個怪名字！)，從波蘭很遠的地方來。他逝世時，她居然在葬禮中大哮大叫說：「愛寶，你聽着，你不要忘了把你的霉運帶走！」居喪七日以後，她又到市場賣魚去了。因為她為人狡猾，平日又開罪人多，所以現在眾人都拿她作嘲弄對象。其中一個女人問：「史拉特，你還要不要嫁人？」她就答：「為什麼不嫁？我哪一點不如人了？」但這時候她已經是個老醜

婆了。「那你嫁誰呢？」他們問她。她想了一下，說：「皮爾特。」

　　那些女人以為她不過在開玩笑而已，都轟然笑了出來，但她沒有開玩笑，你慢慢就知道了。

三

　　有一個女人對她說：「皮爾特是殺老婆出名的啊！」史拉特就回答說：「如果他殺老婆出名，那我殺丈夫更出名。愛寶不是我第一個丈夫。」誰知道她以前嫁過多少次？她不是土耳彬人──一定是魔鬼把她從維斯杜拉河的另外一邊帶過來的。她說的話，誰也沒有當真，但不出一個禮拜，全土耳彬的人都知道她說過的話，實在算數。我們不知她和皮爾特這門婚事是憑媒撮合的呢，還是自己安排的，總之，他們快要結婚就是了，全城的人都笑了──真是天緣巧合，潑婦配流氓。大家都說着相同的話，「如果芬克還活着，看到繼承她的位置的是誰時，一定會活活氣死。」裁縫店的學徒和女裁縫馬上互下賭注，看他們二人誰先死。學徒們預料史拉特會先死，因為他們認為沒有人會鬥得過皮爾特的。但女裁縫可不是這麼看法，她們一來認為史拉特年紀較輕，二來覺得只要她一開口，即使皮爾特也不是她的對手。總之，婚禮舉行了。我不在那裏。你知道啦，鰥夫娶寡婦，沒有什麼好瞧的。但其他人卻去了，覺得好玩得很。新娘濃妝豔抹，禮拜六那天戴了頂有羽毛的帽子跑到教堂女賓站的走廊來。她不認識字，那個禮拜六我剛巧陪着一個新娘到教堂

去，更剛巧遇到史拉特站在離我不遠的地方。她坐在以前芬克坐過的位置，吱吱喳喳的説過不停，弄得我為她難為情起來，不知如何是好。你知不知道她説了些什麼？她大罵她丈夫：「有我在，他活不長的。」真虧她説出這種話，好一個名副其實的臭婆娘！

有好一陣子我們都沒有提及她了，誰有這種閒情去管這些社會敗類呢。但突然間怪事又出現了。原來史拉特雇了一個被丈夫拋棄了的小女子作傭人，以下各種可怕的事，都是她傳出來的。皮爾特和史拉特不但兩人相鬥，而他們的星宿也在相鬥，各種怪事頻頻出現。有一次史拉特站在房間的中央時，吊在天花板上的枝形燈架忽然跌了下來，差一點就打在她頭上。「他又在賣弄殺老婆的花巧了，」她説：「讓我給點顏色他瞧瞧。」第二天皮爾特在市場上走時，摔了一跤，掉下溝渠，幾乎脖子也折了。每天總有一些諸如此類的事發生的。有一天在煙囱裏的煤煙竟然燒起來，幾乎燒掉整間房子。另外一天衣櫥內的檐板掉了下來，又差一點打在他腦袋上。這種情形，誰都可以瞧出來他們間總有一個要先走一步的。不知誰説過，我們每人都有魔鬼纏身，左邊有千個，右邊有萬個。我們市裏有個叫葉柱的人，人好極了，又懂一點醫卜星相之術，據他説，他們之間犯了「沖」。起先，我們的市鎮還算安靜，那就是説，雖然我們把他們間的事作為談話的資料，但是他們夫婦二人卻沒有向別人提過一字，不過，這種事情最後也發生了，有一天史拉特全身發抖的

來找牧師。「牧師，」她大聲說：「我受不了啦，你想想看，我在捏鉢內放了生麵糰，用枕頭蓋好，準備早上烤麵包的，可是到深夜醒來時——生麵糰已到我床上了。這是他幹的，牧師，他要把我解決了。」我們這時的牧師叫艾思‧條文，是個聖人，他聽史拉特這麼說，幾乎不相信他的耳朵。「他幹嘛要這樣作弄你呢？」他問。「幹嗎？我來就是要問你這個呀！」他乃遣人帶了皮爾特來，當然，他矢口否認了一切。「她在破壞我的名譽！」他叫道：「她想謀我的財，害我的命！她在我身上用了妖術，使地窖內積滿了水，我下去拿繩子時幾乎淹死，但這還不算，她還作法驅了一大群老鼠來。」皮爾特發誓說史拉特晚上在床上吹口哨，口哨一吹起，老鼠就從四方八面排山倒海而來。他往眉毛上一個疤指了指，說這是老鼠咬傷的結果。到這時，牧師知道他要對付的是何等樣的人了，乃對他們說：「你們聽我的勸告離婚去吧，這樣對你們兩個都好。」「牧師的話對了，」史拉特說：「我實在求之不得，現在就辦手續都可以，但他要給我一半財產。」「財產？我連買衛生紙的錢也不會給你！」皮爾特嚷道：「還有，你還要賠錢給我！」他緊捏着手杖，差點要打下來，他們好容易才把他制服，牧師這時了解到這樣鬧下去也沒有什麼結果的，乃對他們說：「你們請便吧！我要回去看書了。」他們跟着就離開了。

自此以後市上無寧日。我們實在怕經過他們的屋子。即使在白天，他們的百葉窗也是關得緊緊的。史拉特不再賣魚了，

現在除了跟皮爾特鬥「法」外，什麼事也不做，史拉特塊頭大，
孔武有力。她以前曾在市內地主的魚塘內幫忙做撒網的工作。
在冬天的半夜裏她要爬起來做事，但即使在冰天雪地的日子中，
她也從不用生火取暖。「魔鬼也難不到我，」她這樣説：「我從不
覺冷的。」但現在她突然間老了許多，面都發黑，皺紋多得像個
七十歲的老太婆。而且，她開始跑到陌生人的家裏去求助了。
有一次，她跑到我家裏來，要求我母親准許她過一宵。我母親
看了她一眼，覺得她樣子好像瘋婆子一樣。「怎麼啦？」她問。
「我怕他，」史拉特説：「他要謀害我，把家裏弄得風聲四起。」她
説雖然窗子外面用黏土封好，裏面又塞了稻草，可是她睡房裏面
還是風聲呼呼的。她還發誓説晚上她的床會騰空而起。皮爾特
自己呢？最少有一半的時間他晚上都在「外室」度過──希望你
不會見怪我這麼説。「他耽在那裏這麼久幹嘛？」我媽媽問。「他
在那裏有情婦嘛，」史拉特説。我那時剛巧在凹室，她説的話都
聽得清清楚楚。皮爾特在外面一定是與不乾淨的女人有染了。
我媽媽聽了不禁發抖起來。「你聽我的話罷，史拉特，」她説：
「就跟他辦離婚，自己逃命去罷。如果是我，即使他們送給我的
金條銀條堆得像我那麼高，我也不會跟這樣一個人同住。」可
是，你不是不知道的，哥薩克人是不會改變的。「我才不會這麼
便宜他呢，」她説：「他不把財產分給我，我就不走。」到後來，
我媽媽只好在板櫈上弄了個鋪蓋。那一夜我們未合過眼。天還
未亮時她就走了。我媽媽再也睡不着，就在廚房燃蠟燭。「你知

不知道，」我媽媽對我説：「我有一種感覺，她大概逃不過他的掌中了。唉，説來這也不見得是什麼損失。」但史拉特不是芬克，她不會這麼輕易就認輸的，你馬上就會知道了。

四

　　她做了什麼事呢？我不知道。有關她的故事，傳説紛紜，但你總不能全都相信，是不是？我們城內有個鄉下老太婆，名叫肯尼根德，少説也有一百歲了，説不定還要老些。我們都知道她是個巫婆，她面上長滿了疣子，走起路來，幾乎是爬着走的。她屋子在城外面，建在沙地上，裏面有各式各樣的野獸，兔子啦、老鼠啦、狗啦、貓啦、臭蟲啦。小鳥從屋子裏的窗門飛進來，飛出去，整個地方臭不可當。但史拉特卻是那裏的常客，而且一去就一整天。肯尼根德懂得「相蠟」之法。如果有村婦病了，就來找她，她就把溶了的石蠟倒出來，凝成了各式各樣的怪樣子。她就憑這些石蠟的形狀看出病源來，雖然往往收不到什麼效果。

　　我剛才不是説過麼，城裏面的人傳説肯尼根德教會了史拉特一些符咒。不管是真的也好，假的也好，總之皮爾特人變了，溫順得像頭綿羊。她要他把房子轉到她名下來，他依話做了，還雇了馬車開到市區去辦移交手續。房子易了手後，她就開始侵佔他的商店了。現在禮拜四那天拿了賬簿到外邊去收賬的是史拉特，再不是皮爾特了。她第一件事就是加租錢，那些店東哭着臉説他們生意虧本啦，她就説：「既然這樣，你們討飯去好

了。」那些店商於是召開了會議，請皮爾特來。他軟弱得幾乎站不起來走路，耳朵完全聾了。「我無能為力了，」他說：「現在什麼東西都是她的了，如果她高興，她甚至可以把我趕出屋外。」要不是他還沒有把什麼東西都移到她名下，她真的會這樣做。他還在跟她討價還價中。他的鄰居說她不給他飯吃，弄得他挨門抵戶的去討麵包屑充饑。他的手餓得顫巍巍的。現在大家都看得出來是史拉特佔了上風了。有些人覺得很高興——芬克的仇報了。可是另一些人則認為這個城必會毀在史拉特手上。這麼大的一筆財產落在這隻野獸手上實在不是開玩笑的事。她大興土木，從雅洛夫聘來了技工，馬上就開始量街道。她頭上戴上假髮，梳子是銀做的，還拿了個提袋和陽傘，儼然貴婦，一大清早，人家鋪蓋還未收拾好，她就衝了進來，擂着桌子大喊大叫道：「我會把你連人帶物一同扔出去！把你關到雅洛夫的牢子裏！」窮人家明想去奉承她一番，但她連看都不看他們一眼。這個時候，大家才明白「人不如故」這句話有時實在有些道理。

　　一天下午，貧民院的門打開了，皮爾特走進來，衣衫襤褸，狀如乞丐。那裏的管理人看見了他，馬上臉色嚇得蒼白，好像白日見鬼一般。「皮爾特！」他大叫道：「你在這裏幹什麼啦？」「我到這裏來住，」他答道：「我老婆趕了我出來。」閒話不必細表，總之，皮爾特把自己全部財產，即使是一針一線之微，也轉到史拉特名下。然後，她逐他出家門。「但她怎可以這樣做呢？」人家問他說。「別再問了，」他答，「她把我搞慘，我能逃得出來已真

幸運。」貧民院馬上變得熱鬧起來。有些人罵他。「你賺了這麼多錢還不夠麼？竟跑到我們乞丐兒鉢上搶飯吃，」他們叫道。另一些人則假裝同情。到後來，他們給他一束稻草，叫他到院裏一角去睡。整個城裏的人都跑來看熱鬧，包括我自己，受好奇心驅使去了。他像哭喪一樣的坐在地板上，瞪着金魚眼望着別人。人家就問他：「你坐在這裏做什麼？你的權力呢？」起先他沒有說什麼，裝着沒聽見，但後來他說：「我和她的賬還未算清呢。」「那你打算怎樣？」那些討飯的揶揄他道。他們把他看做笑柄。但你先別忙着下結論，俗語說：「別高興得太早，等着瞧吧！」

　　以後一直幾個禮拜，史拉特簡直無惡不作，把全城弄得天翻地覆。就在市區的商業中心，她叫人掘了一個大洞，在那裏調石灰。此外，木頭磚塊高高的堆滿街，真是弄得水洩不通。她把人家的屋頂也拆了下來，另外又從雅洛夫請了個公證人來，把她住屋的東西一一列表清點。她買了輛馬車，幾匹駿馬，每天下午就出去逛一番。她開始留起長頭髮來，鞋子也還有尖頭的，往來的人物中已有基督教士。她買了兩條窮兇惡極的狗，因此人家更不敢走近她家門了。她已不賣魚了。還做這個幹嗎？但大概是習慣成了自然，她非有魚作伴不可，因此她家中滿置浴缸，裏面放滿了鯉魚和梭子魚。另外她還有一大缸龍蝦、青蛙和鱔魚。城裏的人有此一說：史拉特就快會背棄猶太教了。有人甚至說神父到過她家裏去灑聖水。大家都開始擔心她會出賣我們——她這種人什麼事幹不出來？

　　可是，有一天她突然直奔牧師那裏來。「牧師，」她說：「叫皮爾特來吧，我要離婚。」「你幹麼要離婚？」牧師問：「你要再嫁人麼？」「我不知道，」她說：「說不定，但我不要做藍鬍子的老婆，我願意給一點錢。」牧師乃差人找皮爾特來（他幾乎是爬着走來的）。大家都擠在牧師家門口等看熱鬧。可憐的皮爾特，他什麼都答應了。他的手像發熱病那麼抖着。牧師的書記莫殊把離婚的證書寫好。一切經過我今天都記得清清楚楚。他個子小，面部有神經痛，肌肉常常抽搐。他用刀背在紙上劃線，然後拿起羽毛筆，在頭上的軟帽擦了擦，邀請證人在離婚證書上簽字。先夫是其中一個證人，因為他字寫得好。史拉特舒舒服服的坐在椅上吃着零食呢，對了，我忘記說她拿了兩百塊錢盧布出來。皮爾特馬上認得這是他的綫（他有在鈔票上作記號的習慣）。牧師叫眾人靜下來，但史拉特正在別人面前誇口說她考慮着要不要嫁給一個「有錢人」，但「只要藍鬍子是我丈夫一天，我就不曉得有沒有命活到那天。」她說完這番話後，跟着就大笑起來，外面的人，都聽得清清楚楚。

　　一切準備就緒後，牧師就問他們夫婦的話。我仍記得他話是怎樣說的。「皮爾特艾爾，史奈雅‧沙爾曼的兒子」——牧師叫他上來唸舊約聖經律法書時，就用這名字稱呼他——「你聽我說，你是不是要跟你太太離婚？」他還從別的經書處引了其他的話，可是我再記不清楚，不能依樣複述出來。「你說『是』吧！」他吩咐皮爾特說：「只說一次，不是兩次。」皮爾特說了聲「是」，

但聲音低不可聞。「你聽我說，史拉特‧高德，耶華德‧特里臺的女兒，你是不是要跟你丈夫皮爾特艾爾離婚？」「是！」史特拉大叫道，但話一離口，她身子一歪，昏倒在地上。這是我親眼看到的，所以這是實話，我自己當時也覺得天旋地轉，隨時有昏倒可能。場面騷動得很，大家都忙着去救她。他們用水倒在她身上，用針去刺她，用醋去跟她按摩，扯她的頭髮。阿息里爾醫生跑着趕來，用吸器幫她放血。她仍有呼吸，但已經不像剛才的史拉特了。願上帝保佑我們不要變成她這樣子，她的嘴巴歪倒一邊，口角流着涎沫。眼向上翻，鼻子白得像死屍。靠近她身邊的幾個女人聽到她咕嚕地說：「藍鬍子！他打敗了我。」這是她最後的兩句話。

　　葬禮那天幾乎引起騷動。皮爾特現在真的可以說富甲天下：除了自己財產外，他還繼承了史拉特的積蓄，單是珠寶一項便所值不菲。長壽會裏的人價開得很高，但皮爾特一點也不肯讓步。他們警告他，吆喝他，幾乎罵起他來。最後還恐嚇他說要逐他出教會。但這一切他都充耳不聞。「我一分錢都不給，就讓她腐爛好了，」他說。如果這是不時溽暑，加上來了個熱浪，怕因此引起傳染病，說不定他們真會把她攔在那裏發臭。總之，幾個女人忍不住給她做過喪禮——還有什麼辦法呢？扶棺人不肯扛她，他們只得雇了一輛四輪馬車來載她。她葬在城外欄柵隔着的地方，與死產的嬰兒在一起。皮爾特居然來給她唸了一遍悼亡經——這點他做到了。

　　自此以後，藍鬍子皮爾特就一人獨處，大家都很怕他，避免經過他家門口。懷了孕的婦人不准人提到他的名字——除非事先繫好了兩條圍巾。學生們在談到他時，先翻翻自己的衣角。史拉特生前大興土木未完的工程，就此不了了之。磚塊和石灰都給人偷走了。馬車和駿馬全都失了踪——一定是他賣了。浴缸乾了，魚也死了。屋內有鸚鵡淒厲地叫着：「我餓了！我餓了！」——牠會說猶太文。最後連這鸚鵡也餓死了。皮爾特把百葉窗都釘緊，從不打開。他連商店欠他的租錢賬錢也懶得去收了，整天只躺在板櫈上睡覺或打盹。到晚上他就踱出來撿竹頭木屑去作燃料。麵包店每禮拜一次給他送兩條麵包來。店主的太太還給他買點洋葱、大蒜、蘿蔔，有時還給他買一點乾乳酪，他從不吃肉的。禮拜天他也不來教堂了。家裏連掃帚都沒有一把，塵埃積得如沙漠。即使在白天，老鼠也在室內走來走去。蜘蛛網從屋椽垂到地上。屋頂漏雨，但他沒有修理。牆也塌了。每隔幾個禮拜就有謠言傳出來，說皮爾特病了，或是快死了等等。長壽會裏的人高興得磨掌以待。但沒有這回事。他活得比誰都要長久，活得使土耳彬的人不禁懷疑到他是否長生不老。很難說的，因為他可能有什麼特別的福祉，或是死亡天使根本忘了他。這個世界什麼事都可能發生的。

　　但你別擔心，死亡天使並沒有忘記他。但他死時，我已經不在土耳彬了。他一定活到一百歲，或更老一點。葬殮後，他們在他屋子翻箱倒篋一番，但什麼有價值的東西都沒有找到。

木箱已經霉爛了。金銀珠寶則不知所踪。紙幣被風一吹，就變成塵土。他們連垃圾堆也翻過，但一無所有。藍鬍子皮爾特真是比誰都強，他的妻子、敵人、金錢、財產和他那一輩的人都輸了給他。他所剩下來的東西——願上帝原諒我這麼説——就是一把塵土。

重逢

　　麥士·格拉薩博士給電話鈴驚醒。床邊椅子上的鬧鐘，正指着七時四十五分。

　　「誰會這麼早就打電話來？」他一邊咕噥着，一邊拎起電話聽筒。對方是個女人。

　　「格拉薩博士，」她説：「抱歉這麼早吵醒你，但一個跟你關係很深的女人死了！」

　　「誰？」

　　「麗莎·納斯苓。」

　　「啊，天老爺！」

　　「葬禮今早十一時舉行，這就是我打電話給你的理由。」

　　「非常謝謝你。真的，幸好你打電話來，因為麗莎·納斯苓在我生命中佔着極重要的地位。對了，可不可以請問小姐您是哪位？」

　　「這倒不必了。總之我是在你和麗莎分手後才認識她的。儀式在格斯托殯儀館舉行，你知道怎麼走嗎？」

　　「知道的，謝謝你了。」

　　對方格勒一聲掛上電話。

格拉薩博士躺在床上，思潮起伏。

麗莎這樣就走了。他們分手十二年。她曾經是他情深意切的愛人，關係維持了十五年，不，十三年之久。可是，最後兩年的歲月，誤會重重，疑雲陣陣，感情因此急轉直下。當初催生他們愛情，現在破壞他們感情的，都是一種相同的瘋狂力量。分手以後，他們沒再見過面，也沒通過一次信。他僅從麗莎一位朋友處風聞到，她跟一個有志要做舞臺導演的人同居過。但他所知的，也就只有這一點點而已。他甚至還不知道麗莎沒離紐約市呢。

麗莎的死訊，不但令格拉薩博士難過了半天，而且還使他顯得有點張皇失措。老實說，他自己也不記得他是怎樣穿上衣服走到殯儀館來的。才不過八點三十五分！他還是開門進去了。櫃檯的小姐也說他來得太早了，早了兩個多鐘頭。

「我只想請問，是否可以現在就讓我進去看看她？」麥士·格拉薩說：「我是她非常非常要好的朋友，而且……。」

「那麼，請等一下，讓我問問負責人，看她準備好了沒有，」小姐說完，就在一度門後面隱沒了。

格拉薩當然明白「準備好了」是什麼意思。在抬出來與親人或朋友見面以前，殯儀館內的化裝師，都會在死者的身上花一番心血。

小姐不久就轉回來，對他說：「準備好了，你可以上去，四樓，三號房。」

　　跟着，一個穿着黑西裝的服務員就帶他坐電梯到四樓，替他打開了三號房的門。

　　麗莎躺在棺材內，只露出肩膀以上的部位，頭蓋面紗。特拉薩一眼看出這是麗莎，正因為這是麗莎！她的黑髮染過，顏色暗啞。兩頰擦上了胭脂，眼睛閉着，可是眼皮上的魚尾紋早被濃厚的脂粉塗上了。在麗莎兩片紅唇間，他看到了淺淺的笑意。化裝師真有辦法，連笑容也可以製造出來。

　　麗莎生前說過他像個機械人，毫無情感。這種指責，那時聽來有點過分，可是現在是說對了。格拉薩此刻沒有什麼特別的感受，既不沮喪，也不恐懼。

　　門開了，一個長得幾乎與麗莎一模一樣的女人走進來。「準是她妹妹貝娜，」格拉薩想。麗莎生前常跟他提到一位住在加州的妹妹，可是他從未見過。

　　那女人走近棺材時，他馬上站到旁邊去，準備萬一她嚎啕大哭時，好上前安慰她。

　　格拉薩守候她一會，卻看不出她表露出什麼特別的情感，因此決定先離開，好讓她單獨跟麗莎在一起。可是他跟着又想到，要是她一個人面對一具屍體，即使是自己的姊姊，會不會害怕呢？

　　這時，女的轉過身了，說話了：「對的，這就是麗莎。」

　　「剛從加州飛來？」格拉薩想不到什麼開場白，隨便說說而已。

　　「從加州來？」

「你姊姊一度是我的親近朋友，因此她常常提起你，對了，我叫麥士‧格拉薩。」

那女子靜靜的站着，尋思他剛說過的話。過了一會，她說：「你搞錯了。」

「錯了？那麼你不是她妹妹貝娜？」

「你難道不知道麥士‧格拉薩已經死了？報紙還登了訃聞呢。」

格拉薩勉強的笑了笑，說：「也許是另外一個叫麥士‧格拉薩的人吧。」可是話剛講完，他就馬上領悟到：他和麗莎都作了古人了。站在面前跟他說話的，不是什麼貝娜，而是麗莎本人。他現在才領悟到，假如他仍是活着的話，聽到了麗莎的死訊，一定會感到悲傷不已的。只有一個已經站在生命另外一邊的人，才會對一個自己曾經這麼愛過的人的死亡如此冷淡的。他現在體驗到的，是不是別人所說的靈魂「不朽」了？如果能夠的話，他真想笑出來，可惜形體的幻覺已經不存在。他和麗莎再無物體的軀殼，雖然他們兩人都在一起。

他無聲的問麗莎：「這真的可能的麼？」他馬上聽到麗莎機俏的答他：

「既然發生了，那一定是可能的了。」跟着她補充了一句：「對了，如果你想知道的話，你的屍體也是躺在殯儀館呢！」

「這究竟是怎麼一回事？昨天晚上睡覺時，我還是健健康康的一個人！」

「這不是昨天晚上發生的，而你也不是什麼健健康康的一個

人。對於這類事，我們總有點健忘的。在我來講，這是昨天的事，所以……。」

「我心臟病發？」

「可能的。」

「那麼你呢？」格拉薩問。

「我？你知道，我做什麼事都很慢。對了，你又是從那裏打聽到我的消息的呢？」

「我想當時我還躺在床上，七時四十五分，電話鈴響，一個女人告訴我的。她不肯告訴我她是誰。」

「七時四十五分？你早已躺在這邊了。你要不要看看你自己的樣子？我去看過你了。你在五號房。他們化裝技術真是高超，已還你美男子的本來面目。」

「謝了，我對自己的樣子不感興趣。」

小教堂靜悄悄的。一位鬍子刮得乾乾淨淨、頭髮捲曲，繫着花綵領帶的猶太教牧師正在致辭，說到麗莎的平生：

「她是個名副其實的知識分子。她剛從俄國移民到美國時，白天在一家商店工作，晚上唸大學，最後以特優成績畢業。她命運多舛，一生不如意事，遇過不少，但自始至終，她保持着完整的人格。」

「我從來沒見過此人，」麗莎說：「怎麼他說話好像是我老朋友一樣？」

「你的親戚花錢請他來，當然什麼事也告訴他了，」格拉薩說。

「這種職業頌詞聽來討厭。」

「坐在第一排長着灰白鬍子的那傢伙是誰？」格拉薩問道。

麗莎好像是笑着回答的：「我的前夫。」

「你結婚了？我只聽說過你跟人家同居而已。」

「什麼花樣我沒試過？只是沒有一樣成功而已。」

「你現在打算到哪裏去？」格拉薩突然換了話題。

「看看他們為你舉行的儀式怎樣？」

「別開我的玩笑。」

「我們現在實在是屬於什麼境界了？」麗莎問：「我什麼事也看得見，也認得出每一個人。坐在那邊的，不就是賴素姨媽嗎？她後面就是栢棋，我表妹。我介紹過給你認識的，還記得麼？」

「對，記得的。」

「教堂的座位，一半空着。可是我生平既不熱心參加葬禮，也許可以說是『應有此報』了。輪到你時，我相信一定擠得水洩不通。你要不要等一下看看？」

「老實說，我一點興趣也沒有。」

牧師善頌善禱的話講完，負責帶引信徒頌詩唱歌的「領班人」就帶頭唸「仁慈的上帝……。」他聲調如泣如訴，不像頌經的聲音。

「我自己的父親也不會唸得像他那麼哀婉動人，」麗莎說。

「這是用錢買來的眼淚。」

「我看夠了，受夠了。我們走吧，」麗莎説。

他們從殯儀館「浮滑」下來，到了街上。六輛大轎車列隊排在柩車後面。一個車伕正吃着香蕉。

「這就是死亡了麼？」麗莎問格拉薩道：「同樣的城市，同樣的街道，同樣的商店。最妙的是，我看我自己也是一成沒變。」

「對的，只是你已經沒有身體了。」

「那麼我是誰？是個靈魂？」

「這確難倒我了，」格拉薩回答説：「你餓不餓？」

「餓？不。」

「口渴呢？」

「不，一點也不渴。這個你又怎麼解釋呢？」

「很簡單。最難置信的，最荒謬的和最俗不可耐的和我們當時認為是迷信的東西，看來已到眼前了，」格拉薩説。

「説不定真的有天堂地獄這回事。」

「嗯。到了這個田地，什麼事也用不着大驚小怪了。」

「説不定葬禮完成以後，就有人傳召我們到『最高法庭』，交代我們平生所作所為。」

「當然大有可能。」

「那麼，我們怎麼會又聚在一起的呢？」

「哎，別再問下去了。我所知的，不比你多。」

「這麼説來，你所讀過的，或者你自己著述的哲學作品，全是謊話了？」

「比謊話更可怕。我們就說一派胡言吧。」

這時候，四個人抬着麗莎的棺材出來了。棺材上面放了個花圈，刻上金字：「愛情永誌。」

「誰送的花圈？」麗莎問道，馬上就自己找到答案：「這方面他倒不惜工本。」

「你要不要陪他們走到墳場？」

「不，謝了。去那兒幹嗎？我不想再去聽一次那麼會裝腔作勢的朋友在我下葬時唸的經文。」

「那麼現在你打算怎樣？」

麗莎沒做聲。她沒有什麼打算，也想不到要些什麼東西。一個願望都沒有，真是不可思議的境界！她記得為自己的慾念、幻想與恐懼折磨得喘不過氣來。她的夢想野得很，強烈得很。在所有的災難中，她最畏懼的是死亡，除了墳內的黑暗外，什麼都消失得無影無踪。

可是，她現在不是好好的在這兒懷舊麼？而格拉薩又跟她重逢了。

她終於把感覺說了出來：「我一直以為，人生的結束，總會比這個戲劇化一些的。」

「我倒不相信這就是結束，也許是兩種生存模式中間的一個過渡時期吧。」

「哦。那要『過渡』多久呢？」

「既然時間已失去作用，時間短暫這個概念，也失去意義了。」

「你還是一成不變，愛賣玄之又玄的關子。如果你不願意看到來哭祭你的人，那就走吧，不能光站着不動，」麗莎說，隨後又加插一句：「走到哪裏呢？」

「我跟你走就是。」

格拉薩拖着麗莎「靈幻」的手臂，雙雙一齊浮了起來，可是兩人都不知道究竟要「浮」到哪兒去。升空後，他們的反應恍如初次坐飛機的人一樣，俯下頭來看陸地。看到城市、河流、田野和湖澤。什麼都看得清楚，只是看不到人而已。

「你剛才是不是說了些什麼？」麗莎問。

「我是說，」格拉薩答道：「我生平遇到大失所望的事不少，但沒有一樣像『不朽』這回事令我這麼失望過。」

舊情

　　哈里‧本迪納早上五點鐘就醒來。他知道，至少在他說來，這是第二天的開始了，因為他是再不能入睡的了。實在說來，他每天晚上最少醒來十多次。他因患前列腺炎而動過手術，可是這並沒有解除膀胱脹痛帶給他的痛苦。他入睡頂多不過一個鐘頭，就要起來方便了。最要命的是，他連做夢也是對此念念不忘。

　　他爬起床來，拖着顛巍巍的腳步到洗手間去。事畢後他並沒有馬上回到睡房。他踅到涼臺去了。他住的地方是一層位於十一樓的公寓，左邊看到邁亞美的摩天大樓，右邊看到波濤洶湧的大海。

　　晚上空氣轉涼，可是仍是濕溫溫的。空氣混雜着死魚、氣油和橘子的味道。哈里在涼臺上站了好一會，享受着海面吹來的習習涼風，輕拂着他潮濕的額角。邁亞美今天已變成大都會了，可是哈里仍覺得，只要閉上眼睛，他就可以看到邁亞美的本來面目：草原的芬芳和沼澤的氣味。有時你在深夜還可以聽到海鷗的聒叫，原來是浪波把一條梭子魚(有時甚至是乳鯨)的屍體推到沙灘上來了。

　　哈里‧本迪納的目光，又瞧好萊塢的方向望去。這區域開發了多久了？他還記得前幾年這兒還不過是一塊荒地。曾幾何時，一下子就蓋了樓臺、旅館、酒樓、銀行和超級市場！街上燈火明亮，天上的星光，反而黯然失色了。雖然這是深夜，駕着車子的人還是各不相讓，爭先恐後。他們又趕着到哪裏去了？不用睡覺的麼？什麼力量在後面操縱他們？

　　「哎，這世界已不屬於我的了。人一過八十歲，行屍走肉而已，」哈利想。他手撐着欄杆，把日來的夢境重新組織起來。他只記得，在他夢境出現的男女，都是早已作古人的了。夢裏不但不知身是客，簡直無生死之別。

　　在他夢中的世界，他三個「前妻」都活着，他的兒子比爾活着、女兒西維亞活着。紐約、他在波蘭的故鄉和現在居住的邁亞美——都揉合成為一個地方。他自己呢？既是目前的哈里‧本迪納，也是移民來美前的赫謝爾。既是已知天命的人，也是幼稚園的學生。

　　哈里閉上了眼睛。為什麼夢裏發生的事這麼難記憶呢？七十年前，不，甚至七十五年前發生的事每一個細節，他都記得清楚，為什麼單是今天晚上的夢境，卻如此渺不可尋？「事如春夢了無痕」，真好像背後有誰主宰似的。一個人在進墳墓以前，三分一早先死了。

　　冥想了一會，哈里就坐在陽臺上的塑膠臥椅上。他瞭望着海面，瞭望着東方。不多久，太陽就會從那兒升起，以前有過

一陣子，他早上起來第一件事就是到海灘去游泳。在夏天的時候，更是風雨不改。可是現在他卻沒有這種興致了。鯊魚肇禍的消息，在報章上不時看到。更可怕的是，除了鯊魚外，海上愛襲擊泳客的東西，還似乎不少呢。

哈里覺得現在能在浴缸泡個熱水澡，已心滿意足了。

他的思路轉到現實的事務來。他非常清楚，以他目前的景況來說，錢對他是無關重要的了。可是，話又說回來，一個人總不能在「四大皆空」的心情下過日子。有數字可算的俗務，總比較容易記掛。譬如說，股票與債券的漲落。紅利和其他收入，得存入銀行，記入賬簿，因為明年算所得稅時要從實招來。電話費、水電費和公寓的管理費按時需要繳付。每個星期一次，就有一個給他做散工的女傭人來給他清理房子，洗燙衣服。除此以外，他有時還要拿西裝去乾洗，或拿鞋子去修補。信來了，要答覆。他平日雖不上教堂，但到了猶太人的新年或其他節日，他也不能免俗。就為了這個關係，他不時收到要他做慷慨解囊的函件，如支援以色列呀，或捐助某些醫院或老人院等等。

每天他總收到一大堆諸如此類的「印刷品」。在丟進垃圾箱前，他還是一一過目的。

既然他已下定決心獨身終老，不再結婚，也不請管家，飲食方面當然得自己照顧了。每隔兩天他就到超級市場一次，選購牛奶、乳酪、水果、罐頭蔬菜、碎肉之類的食物。以他的經濟能力來講，請個女傭來照料自己，輕而易舉。可是令他顧慮的

是，不少女傭一到了家，就成了家賊。再說，一飲一食都假手
於人的話，自己不是變了廢物？他記得猶太法典中說過，疏懶的
下一步就是瘋狂。無論是在廚房裏忙來忙去也好，或是到銀
行、看報紙（特別是經濟版），甚至是到梅里爾·林奇的辦公室
去看紐約股票行情漲落的數字在電訊板上閃來閃去——這都足夠
他興奮好半天。

　　最近他買了座電視機，但難得派上用場。

　　他的鄰居有的居然放肆到直接向他打探他的私生活來。他
們知道他很有幾個錢，因此問他，既然可以花得起錢請人來幫忙
做的事，為什麼還要自己動手？有些還借箸代謀的出主意。譬
如說，到以色列去定居不是比在佛州養老好得多麼？溽暑天時，
他為什麼不跑到山上去住旅館呢？對了，他為什麼不再結婚？不
雇一個秘書？

　　總之，他小氣、守財奴的名譽已經建立起來。這些鄰居也因
此經常提醒他說，「錢財身外物，生不帶來，死不帶去的呀！」好
像這是什麼石破天驚的真理似的。也是為了這個原因吧，他不再
參加什麼住客聯誼會之類的應酬場合了。每個人都等着要從他身
上取得什麼好處似的，可是他知道，遇到他有困難時，他們一分
錢也不會施捨給他。他記得幾年前，他從邁亞美海灘搭巴士到邁
亞美市去，他就欠兩分錢零錢。他口袋中盡是二十元一張的鈔
票。居然沒有一個乘客自告奮勇的替他付兩分錢不足的車費，或
者給他找換一張二十元鈔票。結果當然是司機請他下車。

其實，他鄰居又哪裏知事實真相？哪個旅館比得上家裏舒服？而且，旅館的飯菜也不是他要吃的。一來分量太多，二來他的食料，不能放鹽、香料或含膽固醇太多的東西。不在家裏吃，誰來照顧他這些額外要求了。還有一點鄰居不明白，像他這種年紀而健康又不穩定的人，無論坐飛機也好，坐火車汽車也好，都是一種折磨。

結婚麼？在他說來，也是不可思議的事。年紀稍輕的女人，對性的要求頻繁，不是他應付得來的。可是他對老太婆，一點興趣也沒有。看來他是註定了要寂寞而生、孤獨而死。

東邊已微露霞光。哈里站起來，走到浴室去，在鏡子面前打量了一會。他看到自己深陷的面頰，幾根白髮疏朗的披在禿頂上，喉核突出，鼻尖倒懸，猶如鸚鵡的嘴。他淡藍色的眼睛，有點不太對稱，顯得一高一低。即使眼神顯出來的情緒也是不一致的。一是飽歷滄桑的倦容，另一方面卻是少年活力的流露。哈里曾經一度是個風流倜儻的人物呢，結過幾次婚，也有過多次外遇。就在這房子裏的某些一角落，他要是耐心想的話，還可以想到舊日的情書和情人的倩影。

不少猶太移民到美國來，要不是口袋不名一文，就是一無所長。他在老家就受過良好教育，一直到他十九歲要移民前沒斷過。他通曉希伯萊文，也修過俄文、波蘭文，甚至德文。來了美國後，他在大學上過兩年的課，打算要做工程師。但就在那個時候，他愛上一個美國女孩子，羅莎莉婭·斯坦，跟着就結

了婚。羅莎莉婭的爸爸是做建築生意的,拉了他入夥。不幸她三十歲就死於癌症,留下兩個孩子由他撫養。錢,他繼承了不少,也賺了不少。可是死亡從他手中奪去的,也不少。先是他的兒子比爾,一個外科醫生,四十六歲就死於心臟病,留下兩個兒子(卻沒有一個肯做猶太人)。比爾的太太是基督徒,跟一個男人在加拿大某個地方同居了。

哈利的女兒叫西維亞,患了母親同樣的癌症,也在三十歲那年死去。她倒沒有留下兒女。哈利在羅莎莉婭死後又結過婚,第二個太太叫埃德娜。她很想替哈里生一兩個兒女,但他卻怎樣也不肯再做父親了。

死神真的剝奪了他的一切。比爾的兩個孩子,起先偶然還會由加拿大打電話來,過年時還會寄張年片來給祖父。可是現在音訊渺然,而哈里立的遺囑,也沒有留什麼給他們。

哈里一邊刮鬍子,一邊哼着小調。哪裏聽來的小調?他已經不記得了。也許是電視節目聽來的,或者是一支突然回到他記憶的波蘭民謠?唉,都記不起來了。他沒有什麼音樂的慧根,哼什麼曲子都走音失調,可是這些年來他一直保持着在浴室亂哼一起的習慣。

他在馬桶一坐,就曠時日久。他便秘的毛病,越見嚴重。藥石無靈,只好每隔一天就自己灌腸一次。對一個八十幾歲的人來說,還真是不勝負荷的事。在浴缸洗澡時,他試做着各種

柔軟體操，把瘦骨嶙峋的腿踢來踢去。兩手撥着浴缸的水，宛如划船時的動作。這種種操作，據說可以延年益壽。可是夠諷刺的是，哈里一邊做這些動作，一邊問自己：「幹嗎還要活下去？」這些操作，有什麼意義？真的，他的一生毫無意義可言。可是，反過來說，他的鄰居又怎樣？這公寓大廈住滿了老年人，都是景況不錯的。有些是鉅富。這兒有不少老頭子，連走路都沒有氣力了。老太婆呢，都撐着枴杖走路。有些患了嚴重的關節炎或震顫性麻痺症。這大廈實在不是什麼公寓，而是一座醫院。死亡是常有的事，雖然他往往要等幾個禮拜，有時甚至幾個月，才得到消息。以年資來講，他是老住客了。最先入伙的人，他就是其中一個。可是他認識的人，實在沒幾個。他既不到游泳池去，也不參加牌戲。有時在電梯和超級市場，他碰到一些人給他打招呼，雖然他實在不知對方是誰。不時有人問他：「本迪納先生，近來可好？」通常他只淡淡的說：「像我這種年紀的人，還有什麼好不好可言？每天能張開眼睛醒來，就是上帝的恩典了！」

這一個夏天的早上，哈里過得跟平日沒有兩樣。他在廚房準備早餐——速食米飯加脫脂奶。咖啡呢，他只能喝咖啡精成分低的桑格牌。天然的甘蔗糖他不敢用，只好用糖精代替。約莫九時半左右，他坐電梯到樓下去領取信件。通常他每天都收到一些支票，今天卻例外的多。股票下降了，但他的公司還是

照常的把股息寄給他。除股息以外，哈里還從房地產、租金、公債和各式各樣的生意投資上賺了不少錢，名堂之多，連他自己也記不清楚了。譬如說，保險公司付給他的年金吧。或者是政府每個月給他的養老金。今天早上他全部收入，高達一萬一千元。不錯，他要付的稅額相當可觀，但最少他還可以剩下五千塊錢給自己用。

他一邊把這些收入加起來時，一邊盤算着，要不要到股票公司去看行情的漲落呢？「不，去看又有什麼用？早上起的，晚上就落了。股票市場簡直是喜怒無常！」哈里心裏想。他自己倒有個金科玉律的想法：股市看好，通貨膨脹跟着就來了。可是現在股票和美元同時下降，這真有點不可思議。看來除了死亡，什麼東西都靠不住。

大概是十一點鐘光景，他出外存款。他有戶頭的銀行規模很小，因此那兒的職員看見他都跟他打招呼。他在這裏有個保險箱，存放貴重文件和珠寶。他三位已經身故的太太都把遺產留給他。三個人都沒有立下什麼遺囑。他自己也不知道自己的財產究竟有多少，不過絕不會少於五百萬元就是了。可是，儘管他是超百萬富翁，他出外時所穿的襯衣和褲子，比在街頭討飯的體面不了多少。他的帽子和鞋子，更是陳年舊物了。

他枴杖點地，細步而走，不時回過頭來看看後面有沒有人在跟踪他。誰曉得呢，什麼流氓壞蛋說不定已查清他的底細，正謀算着綁他的票。雖然現在光天化日，街上又擠滿了行人，

但他知道，匪徒真的要動粗的話，把他架上車子開到荒郊野嶺去，也沒有人會管閒事，給他援手。當然，更沒有人會替他付贖金。

銀行的事辦好後，他就回家了。豔陽高懸，烈如火山的溶岩。不少女人在商店的涼蓬底下駐足而觀，看窗櫥擺設的鞋子、衣服、奶罩和泳裝等。她們的臉上，一片猶豫不決的神色。買呢？還是算了？哈里不禁也打量了一會。他要買些什麼呢？實在沒有什麼東西他想要的。從現在到黃昏五時止，他什麼都不要。五點鐘，他就動手準備晚飯。他清清楚楚的知道，一回到家他要做什麼事：躺在沙發睡午覺。

謝天謝地，沒有人綁他的票，沒有人欄路截劫，房子也沒來小偷。冷氣機操作正常，馬桶抽水機還沒損壞。鞋子一脫，他就倒在沙發上。

奇怪，他真的做起白日夢來。他幻想着意外的成功，精力的恢復和浪遊的樂趣。人的腦筋不像體力，根本不接受老年這回事。哈里常常跟他的腦袋說：「別開玩笑了。現在要做什麼也太遲了。你別企望什麼了。」可是腦筋不聽話，依樣胡思亂想。誰說過入到墳墓裏去還是充滿了希望。真說得不錯啊。

一陣刺耳的鈴聲把他驚醒，他突然害怕起來，因為從來沒有人來看過他的。「一定是要我命的人來了，」他想。他把門輕輕拉開，還不敢取下鐵鍊子門鍵。外面站着的，是個身材矮小的

婦人，紅紅的臉頰，黃眼睛，稻草色的金髮四邊捲起扎成小髻。她穿着一件白色短外套。

　　哈里這才開了門。那婦人操着濃重外國口音的英語向他自我介紹道：「我希望沒有把你吵醒。我是你左邊的新鄰居呢。我是埃塞爾・布羅克里斯。很怪的名字，是不是？那是我已過世了的先生的姓。我本名戈德曼。」

　　哈里吃驚的望着她。她原來的鄰居是個獨處的老婦人。他還記得她的名字，叫哈爾珀特。

　　「哈爾珀特太太怎麼了？」他問。

　　「還不是跟每個人一樣，路走完了，死了，」她平淡的說。

　　「究竟是什麼時候發生的？為什麼我一點也不知道？」

　　「死了五個多月了。」

　　「啊，對不起，請進來坐。唉，真是的，她死了，我卻一無所知，」哈里說：「她人好，不麻煩人家。」

　　「我不認識她。這公寓是她女兒賣給我的。」

　　「請隨便坐。抱歉的是，我沒有什麼奉客的東西。我倒有一瓶飯後用的甜酒，讓我想想看放在哪裏？」

　　「謝了，我不要吃什麼或喝什麼。中午時間，更不喝甜酒。我抽煙可以吧。」

　　「當然，當然！」

　　那女人在沙發上坐下來，掏出一個精緻的火機點了香煙。她指甲擦得紅紅的。哈里看到她戴着一顆碩大的鑽戒。

「你一個人住？」女的問。

「嗯，一個人。」

「我也是一個人。有什麼辦法？我跟我先生相處了二十五年，可以說日子過得非常寫意，無憂無慮的。可是突然他死了，留下我一個人，又寂寞，又可憐。紐約的天氣對我不適宜。我有風濕病，看來我要在這地方度過這輩子了。」

「你買這公寓時，連家具也一起買下麼？」哈里的口吻，有點像生意人。

「什麼都買下來，因為那位老太太的女兒，除了衣服和床單被褥之外，什麼都沒有帶走。家具餐具一概都賣給我，價錢便宜得像免費贈送的一樣。實在說，我也沒有耐心去買這些東西。你在這裏住了很久了？」

這位芳鄰的問題接二連三的來，哈里一一殷勤回答了。在他的眼光看來，她還算年青，不過五十歲，也許還要年輕點。他端了個煙灰缸給她，還倒了一杯檸檬水，盛了一盤甜餅，擺在她面前的茶几上。

兩小時一下子過去了，但他一點也沒有察覺出來。埃塞爾疊腿而坐，哈里不禁往她渾圓的膝蓋瞧了一眼。這時她已轉用意第緒語交談，帶有波蘭口音。哈里真的有他鄉遇故知的感覺了，內心不禁激動起來。除了解說這是老天爺賞賜他的特別恩典，令他從心所欲外，他實在想不到別的理由。現在靜聽埃塞爾跟他說話，他才知道自己這些年來過的生活多寂寞。他到現

在才想到，平日他實在難得跟人家交談一句話。就算是跟埃塞爾僅僅是維持鄰居關係，也聊勝於無。在她面前，他顯得年輕起來，話也多了。他告訴她有關他三位太太的事，兒女所遭遇的悲劇。他甚至連自己在第一任太太死後不久就想到一位情婦的事，也向她抖了出來。

「你不必想什麼藉口來解釋自己的行為了，」埃塞爾說：「總之，男人就是男人。」

「可是說已經老了。」

「男人永遠不老。在烏諾羅威有個伯父，八十歲的人了，卻娶了二十歲的老婆，生了三個兒女。」

「烏諾羅威？靠近科華的烏諾羅威是不是？那是我的故鄉呀！」

「哦？那地方我熟。我到過那裏。我有個嬸母住在那兒。」

埃塞爾話說完後，望望腕錶，問道：「一點鐘了。你在哪兒吃午飯？」

「不在哪兒，因為我只吃早餐和晚飯。」

「你在節食？」

「不，但在我的年紀──」

「唉呀，別再提你的年紀了，」女人帶笑帶罵的說：「告訴你吧，過來我處一道吃午餐。我不喜歡一個人吃飯。對我來說，獨吃比獨眠的滋味還要難受。」

「你這麼說，我也不知道怎樣回答了。我哪裏修來的福氣？」

「別囉嗦了，來吧。這兒是美國，不是波蘭。我冰箱裏吃的，各式各樣都有。我丟的比吃進口裏的多，説來罪過得很。」

埃塞爾跟着説了一些他至少有六十年沒聽過的意第緒名詞和術語。她勾着他的臂彎，帶他到門口。他們兩家公寓相隔得真近。這邊他的門剛鎖好，她的已經打開來了。

她的房子比他的光亮而寬大。牆壁掛了油畫相片。吊燈座燈，都是講究得很的牌子和式樣。此外還有各種小擺設。每個窗子都面對海洋。抬上擺着一瓶鮮花。哈里的房子聞到塵埃味，而這兒的空氣卻是新鮮的。

「她對我一定有所求。動機絕非光明正大，」哈里警告自己説。跟着他想起以前在報章上看到的女騙子的故事，她們把男人的財產騙得一乾二淨。女騙子有時也一樣騙女人的。他得小心提防，什麼都不答應，什麼文件都不簽名。一個銅板也不交出來。

她叫他靠餐桌坐下。不一會，從廚房裏就透出了新鮮麵包、水果、乳酪和咖啡的香味。多年來哈里從未在中午時分感覺到如此強烈的食慾。

埃塞爾跟着就從廚房出來，陪他吃午餐。她吃一口東西，跟着就抽一口煙，抱怨説：「男人纏着我，可是一到緊要關頭，他們對我的興趣就變成只想知道我值多少錢。妙的是，他們一提到錢財的事，我就跟他們分手了。我不窮，唉，坦白説罷，我實在很有幾文錢。可是，你知道，女人家最反感的事，男人看在她錢的分上才去愛上她。」

「謝天謝地，我倒不必用人家的錢，」哈里説：「我即使活到一千年，我的錢還夠用。」

「那再好不過了。」

他們隨便聊着，話題不久就全部集中到財產與股票來。埃塞爾自動的告訴他，她在紐約布魯克林區和史泰丹島有地產，此外還有公債和股票。據她所提到的名字和事實猜度，哈里相信她的話是實話。她在邁亞美的銀行戶頭和存珠寶的地方，就是哈里的銀行。哈里估計她的財產，保守點説，最少在一百萬以上。

她給哈里拿東西吃時，態度認真得像他的太太或女兒一樣。她不厭其煩的告訴他該吃哪些，不該吃哪些。在他年輕時，這種接近奇跡的事不時發生過。女人跟他認識後，就愛上了他，纏着他，不肯再離開。但他已是八十出頭的人了，居然還有今天這種機遇，實在是名副其實的奇跡了。

他突然想起來，問：「你有兒女沒有？」

「另有一個女兒，叫西維亞。她一個人在加拿大西部哥倫比亞州，搭帳篷居住。」

「住在帳篷內？真巧，我女兒也叫西維亞。説來我也夠做你父親的年紀了，」他説，可是自己也不明白為什麼要加上這句話。

「你又説廢話了，年紀算什麼？我就喜歡男人比我年紀大一截的。我過世了的先生，説比我大二十歲，而我們婚姻幸福。我常想，要是每個猶太人的女兒的婚姻，都能像我的那麼美滿，也算是造化有恩了。」

「可是我絕對比你大四十歲，」哈里説。

　　埃塞爾放下調羹，問道：「你把我看成多大了？」

　　「四十五左右吧，」哈里説，雖然他猜想她不只這個年紀。

　　「你再加上十二年吧，就差不多了。」

　　「真看不出呵。」

　　「你可以説我一生過得優閒吧。我先生什麼都給我，真的，誇張點説，要是星星月亮摘得下來，他也會給我。這就是為什麼他一死，我就變得像孤兒那麼可憐。當然，我女兒把我氣得死去活來，也是我難過的原因之一。我去看心理治療醫生，錢花了不少，但一點用處也沒有。你大概沒想到，我因為神經崩潰而關在醫院七個月。我那時不想活了。醫院裏的人日夜的守着我。我好像聽到我先生在墳墓呼喚我的聲音。……我要告訴你一件事，可是你別誤會呵。」

　　「什麼事？」

　　「你讓我想起我的丈夫。這就是……。」

　　「我八十二歲了，」哈里説，馬上就覺得後悔。他大可以減少五歲。頓了一會，他又補充説：「如果我年輕十年，我就向你求婚。」

　　可是他馬上又後悔起來，但剛才的話，好像是自動溜出他的嘴邊的。他還是為先前的顧慮而煩惱：別落在女騙子手裏呵。

　　埃塞爾定神望了他一會，揚起一邊眉毛説：

　　「既然我要活下去，我就不計較你的年紀了。」

　　「這怎可能呢？真的可以麼？」哈里再三的問自己。他們談到婚嫁，計劃把兩間公寓打通，反正他的睡房就在她的隔壁。

她把自己的財產數目告訴了他，一共是一百五十萬左右。哈里的部分，早已告訴了她。

「我們拿這麼多錢，有什麼計劃？」他問。

「我也不知道，」她說：「可是我們一道到特拉維夫旅行，好不好？我們不妨考慮在那裏，或蒂貝尼亞斯買一幢公寓。那兒的溫泉對風濕病最有效用。有我在你旁邊，你最少活到一百歲。我敢保證。」

「那得看老天爺的主意了，」哈里說，自己也覺得有點意外，因為他不是個信徒。這些年來，他對上帝的存在和所謂的天命，越來越懷疑。他常說，猶太人在歐洲經過了那麼多的苦難後，只有傻子才信上帝了。

埃塞爾站起來後，他也跟着站起來。兩人相擁而吻。他身子緊貼着她時，年輕時遺留下來的慾望，居然重張旗鼓而來。

她說：「要等我們婚後才成呵！」

這些話，哈里好像以前聽過的，而且還是一模一樣的聲音。可是在哪兒聽到的呢？誰對他說的呢？他三位已故的太太都是在美國出生長大的，不會說這種話。是不是在夢中聽到的？是不是夢中可以預見將來的事情？他低下頭，沉思起來。

他再抬頭時，嚇了一跳。就在這幾秒鐘的光景，那女人居然變了不少。她早已抽身離開了他，而他竟沒有注意到。她臉色不但變得蒼白和乾癟，而且真的上了年紀了。頭髮也突然散亂起來。她側目望着他，眼色沉滯、憂悒，甚至有點凌厲。

是不是我冒犯了她什麼的？他沉思道。跟着，他問道：「什麼不對了？你不是感到不舒服吧？」

「沒有，但你該走了，」她聲音冷漠、嚴峻而有點不耐煩。

他本想問她這突如其來的轉變的原因，可是久已忘記的（或從未忘記過的）自尊心，阻止他向她求解釋。反正跟女人打交通，你心裏隨時得有應變的準備。儘管如此，他還是忍不住問了：「我們還會見面麼？」

「最少不在今天。也許明天吧，」猶豫了一會，她說。

「那再會了，謝謝你招待的午餐。」

她竟然讓他獨個兒走到門口，自顧自的離開她的寓所。

一到自己的房間，他就對自己說：「她改變主意了。」一種強烈的羞恥感，不禁湧上心來。不但為自己的行為覺得羞恥，也為她覺得羞恥。她是不是拿他來開玩笑了？會不會是他那些看他看不過眼的鄰居，惡作劇的安排了埃塞爾來尋他開心？

自己的房子，現在看來，更着空虛。「我不吃晚飯了，」他想。他覺得胃裏壓得厲害。「我這把年紀的人，不應跟自己開玩笑，」他喃喃自語的說。他躺在沙發上打盹，再睜開眼時，外面已經黑了。也許她還會來按我門鈴的。既然她已經給了我電話號碼，我要不要打個電話給她呢？

雖然他已經打了個盹，醒來人還是覺得筋疲力盡。他有信要覆，但決定明天再說了。

他走到涼臺去。他涼臺的一邊，面向她的一角。如果她對他

興趣不減的話，他們可以在此會面，甚至聊天也可以。海面白浪
滔天。遠處泊了一艘貨船。一隻噴射機凌空長嘯而去。哈里舉頭
望去，看到一點星光，一點不是街燈或霓虹燈掩蓋得住的星光。
幸好還有一顆寒星在天，不然大家說不定忘記有天空存在。

　　他在涼臺椅子坐下。她可能突然出現呵。她在想些什麼？
奇怪，她情緒變得這麼快。一會見溫柔健談得如在鬧戀愛的新
娘。不到一分鐘，就把他看成陌路人了。

　　哈里又睡着了，醒來時已入夜多時。他並不想睡下去，而
且還打算到樓下去買晚報，看看紐約的股市情形。可是，他改
變了主意，到睡房去。睡前他還喝了一杯蕃茄汁，吞了一粒藥
片。他和埃塞爾，僅隔了一道牆。但牆壁自有一種隔阻的力
量，說不定就是為了這種理由，埃塞爾的女兒和她這類人寧願住
在帳篷了，他想。

　　他滿以為這樣胡思亂想着，就不會入睡。誰料一下子又睡
着了。醒來覺得胸口壓得很。什麼時間呢？看看腕錶發亮的指
針，才知道已睡了兩小時零十五分鐘。他做了夢，但記不得夢
了什麼，只依稀想起是一些對夜的恐怖印象。

　　他抬起頭來，問自己究竟是醒着呢？還是在夢中。隔壁房
間，一點聲音都沒有。

　　他又盹過去。這次他是被門外人聲、關門聲和走廊上奔跑
的腳步聲吵醒的。是不是火警？他想到就怕。在報章上讀過不
少老人家在養老院、醫院和旅館燒死的記載。想到這裏，他就

馬上下床，穿上睡袍和拖鞋，打開了門。走廊外一個人也沒有。是不是他想入非非了？他把門關好，走到涼臺，望下去，一個救火員也看不到。看到的，只是夜歸的遊人，或正在離開夜總會的客人，醉得吵吵鬧鬧的。哈利住的這座公寓大廈，有不少住客在夏天時把房子租出去給南美洲來的人。

哈里回到睡房。安靜了幾分鐘後，走廊外又傳來男人和女人說話的聲音。一定發生了什麼事件了，但是什麼事件呢？他衝動得要下床去再看個究竟，但最後又打消原意。他在床上緊張地躺着。突然，設在廚房的給來訪客人用的叫人電話響了。哈里拿起來聽，對方卻說：「按錯了號碼。」

他亮了廚房的日光燈，光線刺眼。拉開了冰箱，他倒了一杯糖茶喝，也不知這是為了口渴喝的，或是為了壯膽而喝。飲料到了胃裏不久，他就到廁所去小解。

就在這一刹那，門鈴響了，膀胱的壓力，也消減了。強盜已破了大門，現在到我房間來了？守夜的門人是老頭子，當然應付不了匪徒。哈里拿不定主意究竟要不要應門。他站在馬桶前直發抖。這是我活在世上最後的時刻了，他想。「全能上帝，可憐我吧，」他喃喃禱告道。這時他才想起，他的門設有瞥到外面去的玻璃小孔。為什麼我不早就想到呢？我真的老糊塗了。

他踮着腳走到門口，揭開玻璃小孔的蓋子，瞇起眼睛望出去。他看到一個穿着睡袍的白髮老婦。對了，他認得她，是他右翼的鄰居。一瞬間，他想通了。老鄰居的丈夫是個風癱的

人，説不定她先生有什麼意外。他馬上開門。老太婆手裏持着一個沒貼郵票的信封。

「本迪納先生，抱歉把你吵醒。隔壁的女人把這信封擱在你門口，上面寫了你的名字。」

「哪個女人？」

「你左邊那位。她自殺了。」

哈里驟覺肝臟抽縮了一下，幾秒鐘後，他的肚子緊得像蒙在鼓上的皮。

「你説是金頭髮那位？」

「對了。」

「她怎樣自殺的？」

「爬出窗口跳下去。」

哈里伸出手，老太婆就把信封交給他。

「她在哪裏呢？」

「抬走了。」

「死了？」

「死了！」

「呵，老天爺！」

「這是在這座大廈發生的第三宗了。在美國，人就容易發瘋。」

哈里的手直發抖，信封也抖來抖去，好像隨風舞着似的。他謝過老太婆後，就關上門。他的眼鏡放在床邊的桌子上。他邊走

邊警告自己：「千萬不能摔跤，髖骨一斷，這輩子就完了。」他顛巍巍的摸到床邊，亮了小燈，就看到眼鏡果然是放在桌子上。

他感到暈眩。牆壁、窗簾、梳妝臺和信封左搖右幌，如電視上未校正的畫面。我是不是快瞎了？他坐下來，希望暈眩的情形很快過去。

他幾乎連打開信封的氣力也沒有。埃塞爾的字條是用鉛筆寫的，字體歪曲。她寫的不是英文，而是意第緒語，雖然許多字都拼錯。

> 哈里：原諒我。我得去我先生那裏。如果你不嫌麻煩，給我禱告。我到了那邊，也會替你說話。

他把字條和眼鏡放下，關了燈。躺在床上，他先打起噎來，跟着從打噎變成打顫，身體抽搐顛動，床上的彈簧吱喳作響。「好吧，今後我再不希望什麼，期求什麼了，」他對自己說，嚴肅得像在法庭上起誓的樣子。他覺得渾身冰冷，趕緊用毛氈裹着身子。

從茫然的、半睡半醒的狀態醒過來時，已是早上八時十分。昨天發生的，僅是一個夢？不是，埃塞爾的字條還在桌上。那天哈里・本迪納沒有到樓下取信。沒有吃早餐，也沒有洗澡和換衣服。他臥在涼臺上的臥椅上打盹，想着埃塞爾那個住在帳篷的女兒。為什麼她要跑到加拿大西部那麼遠？是不是因為她

父親之死，令她對人生如此灰心？或者是受不了她母親？再不然就是以她小小的年紀，已看透了人生的無聊，因此才做隱者的？是不是她致力於尋找自己？或上帝？這時哈里想到個野極了的主意。他要飛到加拿大西部哥倫比亞州去，到荒野去找尋這位少女，安慰她，像女兒一樣的看待她。說不定他們可以一起靜思，人為什麼會生下來？為什麼又要死去？

筆友

一

　　赫爾曼‧岡賓納張開一隻眼睛。每天早上，他就是這樣起床的：先張開一隻眼睛，然後再開第二隻。他目光所及的，是自己室內破爛的天花板和對面街一座建築物的一部分。他睡得很晚——或者說，很早。是清晨三點鐘。他躺在床上，許久許久才入睡。現在是早上十點鐘。赫爾曼最近患了一種所謂健忘症，晚上醒來，常忘記他身在哪裏，他自己是誰。他甚至連自己叫什麼名字也不知道。他往往需要回想兩三分鐘後才曉得自己已不在波蘭的高樂岷或華沙，而是在紐約的上城，在哥倫布大街和中央公園之間的一條街道上。

　　時為冬季。暖爐噴着水蒸汽。二次大戰早已結束。赫爾曼——在他老家高樂岷他叫海恩大衞——的家人全死在納粹手裏。他現在在一家叫錫樂山的猶太出版公司服務。他既是編輯、也是校對和翻譯。這出版公司位於運河街。快五十歲的人了，還是個單身漢，疾病纏身。

　　「什麼時間了？」他自言自語的問道。他舌頭像長了苔蘚一樣遲鈍，口唇乾得爆裂。膝蓋酸痛，額角砰砰作響，嘴裏嚐到

的，是陣陣苦味。幾經辛苦，他才爬起床來，站在破爛的地氈上。「怎麼啦？下雪了？」他沉吟道：「哦，這是冬天。」

他靠窗而立，眺望街上。機體出了故障的車子，停泊在路心或路邊，看來頗像湮滅了的文化的一些遺跡。在平常的時候，街上堆滿了垃圾、充滿了噪音和黑人或波多黎哥人的小孩子。現在嚴寒的天氣，把行人一個個趕回家去。寧靜的景色和白皚皚的雪，令他想起波蘭的老家。他一拐一拐的拖着腳步，走到洗手間。

他的睡房其實是間凹室，僅夠擺一張床。小客廳全是書。一邊的牆壁放了一些高級天花板的櫥櫃。另外一邊則擺了兩個書架。書本、報紙、雜誌，橫七豎八，到處都是。依照租約規定，業主每隔三年得要粉擦房子一次，可是赫爾曼給了管理人一些好處，求他放過他的房子。他許多舊書，略一搬動，就會身首異處。再說，舊漆怎見得不比新漆好？這房間的灰塵厚得重重疊疊。

一隻母老鼠不知怎樣也成了赫爾曼的房客。每天晚上，他總為她準備好一小片麵包、乳酪和一小碟子的水，希望她飽食之餘，不去光顧他的書。謝天謝地，她沒有做媽媽。有時，即使是電燈亮着，她也會跑出洞來，用她小小的魚泡眼好奇的望着他。她早已不害怕赫爾曼了。他為她取了個猶太名字，叫荷德。

赫爾曼住的這座公寓大樓，缺點很多，但暖氣充足。暖氣爐從早到晚都開着。業主是波多黎哥人，深知窮人之苦，因此不會讓他房客兒女受寒。

　　澡房沒有設淋浴，因此赫爾曼每天都得浸在浴缸裏洗澡。房內的門上掛着一面中間打斷了的鏡子。赫爾曼這時看到自己，一個身材矮小、身着尺碼過大的睡衣、瘦骨嶙峋的人。消削的脖子，支撐着大腦袋，兩邊髮腳露出一束灰白的頭髮。他的前額寬廣，勾鼻子，頰骨高聳。除了他那雙掩蓋在長睫毛（普通只有女孩子才有這麼長）下的黑眼睛還保留着多少年青的痕跡外，他真可說是個老態龍鍾的人。偶然一兩次，你還可以看到他眸子閃動的靈光。多年與書本為伍的歲月，多年校閱蠅頭小字的文件，倒沒有損害他的目力，或使他患上近視。赫爾曼營養不良的身體，與疾病鬥爭之餘，剩下來的氣力，似乎全集中在眼睛上了。

　　他小心翼翼的刮着鬍子。長着瘦長手指的雙手，一直抖着。稍不在意，就會割破皮肉。這時浴缸的溫水已快滿。他解下衣服時，自己也為身體的消瘦而吃驚。他的胸很窄小，手臂和大腿露出骨頭，脖子與肩膊之間，出現了洞穴。爬進浴缸是很大的考驗，但泡在溫水裏，滋味無窮。肥皂常從他手指間溜走，活像頑皮的動物，害得他在水中摸來摸去。「你逃到哪裏去了？」他會對肥皂說。「你這壞蛋！」他相信世間每一樣東西都有生命，因此各有自己的脾氣和怪癖。

　　赫爾曼相信自己是世上少有的真真正正長了「慧眼」的人，可以讓他看到表象以外的東西。他有一次看到吸墨水的用具從書桌緩緩升起，然後又平平穩穩的滑飛到門口。一到門口，說

也奇怪，就輕輕的滑下來，就好像整個動作是由一隻無形的手用一根無形的線在上面操縱着一樣。

這個現象真是莫名其妙。赫爾曼想了許久許久，始終想不出一個理由來解釋這個特殊的經驗。大概只好把它列入不能靠科學、宗教、或民俗學來解釋的人生的一個謎吧？後來，赫爾曼從地上把它撿起來，重新放回桌上。這以後，它一直沒有動過，封了塵，埋沒於紙堆之中——一件暫時擺脫了自然律法的無生物。赫爾曼自己記得清清楚楚，他所見到的，絕非出於幻覺或夢境。事情發生在晚上八點鐘，房間燈火明亮。他既沒有生病，情緒也極正常。還有一點應該一提：他從不喝酒，怪現象出現時，他清醒如常。對了，他正站在衣櫃旁邊，正想要從抽屜拿手帕出來時，目光就被書桌上升空的東西吸引了。

這個奇遇，對赫爾曼說來，絕非僅此一次。自童年以來，類似這種經驗，他有過多次。

赫爾曼做什麼事都是慢吞吞的，洗澡、擦身、穿衣，每個程序都磨上半天。他從不做趕科場的事，而他辦事的優點，說穿了，也不過是他深思熟慮的習慣而已。在他服務的錫安山出版社，當校對的人看清樣，草草了事，難怪錯漏百出。翻譯組的同事呢，遇到困難地方，馬虎略過，不願意查字典。今天大部分的美國人（甚至猶太學者也如此）對文法與修辭這種種巧妙細節，所知頂多是一知半解而已。

赫爾曼可不一樣，他花了不少工夫細心研究了一番。不

錯，他工作效率不高，但他老闆莫里斯・克羅弗清楚不過，他這公司有今天的名譽和地位，都是靠赫爾曼慢工出的細活。不但老頭子如此，連他的幾個兒子也不得不承認這個事實。可是克羅弗本人已老得近癡呆了，公司有隨時倒閉的危機。赫爾曼已聽到不少謠言說，克羅弗幾個「半異教徒」的兒子，一待老頭死去，就把業務結束。

　　即使赫爾曼存心要趕時間，他也沒法把工作效率提高。他走路時可說是名副其實的蓮步姍姍。吃一碗湯也要花上半個鐘頭。有時為了找一個適當的字眼，或在百科全書翻資料去弄清一個細節，往往一磨就磨上幾小時。有幾次他為了趕時間，結果弄得狼狽不堪。要不是摔斷了腿、扭傷了手臂，就是跌下樓梯。小小事情，對他都是一種負擔——刮鬍子、穿衣服、拿髒衣服到中國洗衣館去洗燙。甚至連到飯館去吃飯也是一種考驗。過馬路對他說來更是折磨，因為他看見綠燈跑不了幾步，就轉紅燈了。那些把着駕駛盤的人，他們的道德觀與開車速率，好像沒長心腸的機械人一樣。你腳步稍慢，他們大有可能把你輾過。

　　近來，他手腳發抖。他本來寫得一手好字，現在別談了。他只好用打字機打字，但只能用右手食指操作，一個字母一個字母的敲着。老克羅弗認定赫爾曼這身毛病，皆由他吃素招來。一片肉也不吃，哪來的氣力？可是赫爾曼寧願餓死也不碰葷腥。

　　他穿上一隻襪子後就休歇了一會兒，然後才穿上另一隻。他的脈膊很慢，大概是一分鐘五十拍左右吧。稍一勞動，他就覺得暈眩。他身體這麼孱弱，靈魂幾乎要和它分家了。這不是說着玩的。這種事發生過。有時睡在床上或坐在椅上時，他的靈魂居然趁機出竅，徘徊室內，甚至逃出窗外。他的靈魂看過自己的身體昏過去，簡直像死了的樣子。他見過或經歷過的幽靈、心靈感應事件、第六感覺產生的幻象和夢境成真的事實，實在說也說不完。即使說了，誰會相信？他稍為向人家提過一下，同事就拿他尋開心了。老闆只要喝了點拔蘭地酒，就會說他「妖言惑眾」。辦公室裏上上下下，都把他看作天外怪人似的。

　　赫爾曼早就有這個結論，現代人排斥鬼神之說態度之堅決，一如古代人對宗教信仰之執着。這一代崇尚的理性主義，其實並不理性，因為它本身就代表着先入為主的見解。共產主義、心理分析、法西斯主義和極端主義成了二十世紀時髦的口頭禪。可是，唉，你赫爾曼又能做些什麼呢？你除了默默不言從旁觀察，還有什麼路子可走麼？

　　「哦，是冬天囉，冬天囉，」赫爾曼半哼半吟的對自己說話。「今年冬天來得真早。」赫爾曼一向有自言自語的習慣。把他養大的叔父，是個聾子。他祖母呢，是個虔誠人，半夜會爬起來唸只有在絕版多時的經書裏才找得到的悔罪禱文或悼亡詩。他父親在他尚未誕生前就逝世了。母親改嫁，搬到遠遠一個城市

去，不久就生了孩子。赫爾曼從小就孤獨得很，不大與人往來，唸中學和大學時也如此。

現在希特拉把他全家都殺了，他沒有戚友通信，因此就與陌生人通起信來。

「什麼時間了？」赫爾曼又問自己道。他穿了黑西裝、白襯衣、黑領帶，跑到廚房去。所謂廚房，不過是那兒擺着一個冰箱和一個他從來不用的電爐。送牛奶的人每星期來兩次，把一瓶牛奶放在他門口。赫爾曼家裏常常貯備着幾罐蔬菜罐頭，哪一天他不用出去，就靠此充饑。他發現一個人需要的東西實在不多。吃的方面，半杯牛奶和兩三片麵包就夠打發他一天。一雙鞋子夠他穿五年。他的西裝、外衣和帽子永遠穿不破。只有襯衣這類拿到洗衣店的衣物顯出破爛的痕跡。可是這並不是穿破了，實在是中國洗衣店用的潔白劑造成的磨損。家具不用説是不會輕易破爛的。如果他不用把錢花在計程車和禮物上，赫爾曼早已剩下不少錢了。

他喝下一杯牛奶，吃了一塊餅乾。跟着，他小心翼翼的穿上黑大衣、毛領巾、膠套鞋和一頂闊邊呢帽。他皮包所盛的書籍和稿件越來越重，並不是東西增多了，實在是他氣力衰弱了。最後，他戴上太陽鏡，因為外邊的雪光太刺眼了。離開公寓前，他跟床、堆滿了文件的書桌（那個曾經上升過的吸墨水器就壓在那裏）、書籍和穴中的老鼠一一道別。他把昨天盛在碟子餵她的水倒掉，換過新鮮的。另外他還給這位經年的老鼠食客一塊餅乾和一小片乳酪。「好好珍重呵，荷德！」

　　走廊內，收音機開得震天價響。幾乎皮膚棕黑，頭髮蓬亂，操着濃重口音西班牙語的婦人，大家都怒目相視，吵個不停。光着屁股的小潑皮，到處亂跑亂跳。在這兒出現的男人呢，看來都是失業的。他們要嗎是在擠迫的住所踱着方步，站着吃飯，再不然就是挾着曼陀林琴，撥撚個不停。從這些公寓裏傳出來的氣味，使赫爾曼噁心得很，因為那氣味混雜了炸魚和烤肉的油煙不算，還帶着大蒜、洋蔥，和其他聞了令他作嘔的辛辣東西。到了晚上，這些鄰居就載歌載舞，笑聲搖盪得很。有時他們會動起武來，女人尖聲呼救。有一次一個女鄰居深夜拍赫爾曼的門，要他讓她進來，因為有個男人要刺殺她。

二

　　赫爾曼到樓下信箱取郵件。其他住客的信箱通常都是空空的。他的每天早上都塞得滿滿。他顫抖着掏出鑰匙，插入匙孔取出信件。單看信封，他就知道是誰寄來的了。住在鹽湖城的艾麗斯・格雷遜用的是玫瑰色的信封。加州帕薩坦那鎮的羅伯特・霍夫太太在一家殯儀館服務，給他寫信時一概用公司信封。阿拉斯加州費爾班克市的伯莎・戈登小姐，一直用聖誕卡的信封，一定存貨不少吧。

　　今天赫爾曼得到一位新筆友的來信，肯坦基州路易斯維爾市的羅絲・比奇曼太太。她把自己的名字和發信地址飄飄逸逸的書於信封背後。除了信件，他還收到幾份訂閱的有關神秘學的

雜誌。有的是美國本地出版的，有的則來自英國和澳洲。這麼
多的郵件，公事包擠不下了，赫爾曼只好把剩下來的插在大衣口
袋，跟着出門等計程車。

　　計程車，特別是空的，很少開到這條街來，可是赫爾曼實在
沒有氣力跑到公園西路或哥倫布大街去等車。他依靠禱文和心
靈感應來跟自己的病軀搏鬥。現在他站在雪地上，低聲禱告起
來，希望計程車會駛到這裏來。他的手插在大衣口袋，捏着剛
收到的幾封信。這些信件和雜誌成了他生命最重要的一部分。
靠着這些文字，他與別人的靈魂往還，甚至因此而獲得女人對他
的友情與愛情。看了她們在信上所述的經驗，他益發相信心靈
感應的力量和未來世界的存在。他常常送禮給從未見過面的筆
友，而她們也禮尚往來一番。她們來信，親切地叫他名字，而
不稱他什麼先生的。這些筆友毫不瞞隱地把心裏的話、夢想和
希望一一告訴了他。甚至她們從心靈感應板和扶乩之類的神秘
通靈工具得來的消息，也向他和盤托出。

　　赫爾曼訂閱的秘教雜誌，常刊登讀者投書，把自己的經驗公
布出來。文章不但註名，且附了通訊地址。赫爾曼和他筆友建
立的關係，就是這樣得來。這些文章的作者通常是女性。因為
不想跟她們會面，他總選離他甚遠地區的讀者通信。從作者的
名字或地址，特別是從她們報導經驗見聞的筆法，他就可以猜出
對方是否會跟他建立通信關係。他幾乎從沒錯過。他短短幾行
的便條寄了出去，回信有時竟是密麻麻的一封。有時除信外，

還附了文章的手稿。慢慢地，他的通信網越來越廣，一個星期花在郵票上也要幾塊錢。有些信，他還用特快或航掛寄出呢。

奇蹟每天都會發生的。他禱文剛唸完，計程車就來了。司機好像聽到他的心靈感召似的，一起就把車子開到他門前，爬上車內也是吃力的事。他閉上眼睛，頭靠着玻璃板，默謝剛才傾聽他禱告的超自然力量。不管你怎麼稱呼它也好，這種力量確存在着，閉起眼睛否定它的人，笨得可以。幽明之間，總有個靈異的鬼神對人間的瑣事極其關心。

他的精魂離開他的身體時，一定到處遠遊。他的筆友都先後見過他。在同一個晚上，他精魂去過洛杉磯、墨西哥城、奧利根州和蘇格蘭。他遠道的朋友生病時，他總有預感。果然過了不久，朋友的信就來了，告訴他生病或入院治療的消息。這幾年來，幾位朋友死了，而每次他都有預感。

一連兩個禮拜，赫爾曼都有非常強烈的感應，出版社要關門了。雖然這危機外邊謠傳了好幾年，但赫爾曼始終認為謠言就是謠言。最近各員工不是個個樂觀得很麼？營業額增加了，雖然老頭子一天到晚嚷着公司虧本，但明眼人都看得清楚，他這樣說，無非是不想給職員加薪水而已。事情很簡單，出版社出版了一本禱文，竟成暢銷書。赫爾曼快要完成的希伯萊英語詞典，一出版後就銷幾萬冊，絕無問題。

但儘管如此，他意識到出版社大難臨頭，其準確性一如他患風濕的膝蓋能預知天氣轉變一樣。

　　計程車拐入哥倫布大街。赫爾曼向窗外眺望了一下，馬上又閉起眼睛。紐約的冬天，有什麼好看的？他又回到他憂鬱的心境去。不論他穿多少件羊毛衣，他還是覺得冷。嚴寒的天氣，使他與精靈和其他心理媒介的接觸有點隔膜起來。

　　他把衣領翻起，手插在口袋裏。寒冷地方的文化，總是這麼猛烈和極端的，他想。他不應在紐約待下來。如果他在南加州落戶，他就不會變成天氣的奴隸了。哎，算了。……再說，南加州又哪裏去找猶太人辦的出版社呢？

三

　　計程車在運河街停下來。赫爾曼付車資時，加了五毛錢小費。他自己省吃儉用，可是對計程車司機、侍者和開電梯的工友，他非常大方。聖誕節到時，他還送禮物給他波多黎哥的鄰居。

　　出版社開電梯的工人叫山姆。此刻他大概在對面街一家自助餐所喝咖啡去了。赫爾曼只好等他回來。山姆是個相當任性的人，想到什麼就做什麼。他和老店東是同鄉。由於他是這座樓宇唯一的開電梯的人，哪天他不來上班，在這裏工作的人，只好跑樓梯。對了，山姆是個共產黨。

　　赫爾曼等了十分鐘才看到山姆回來。他是個身材矮小、肩膀寬厚的人。臉部輪廓極不對稱，好像是不同種類的積木堆砌起來似的。他前額很短，眉毛又粗又濃，金魚突眼，眼袋腫脹，垂了下來。鼻子狀如球莖，長滿紅痣。他步伐蹣跚的走回

來。赫爾曼跟他打招呼，他哼了一聲算是作答。他褲子後面一個口袋插着一張意第緒語的左派報紙。進了電梯後，他沒有馬上關門。咳嗽了幾聲後，就點了根雪茄，吐了一口，才煞有介事的問道：

「你聽到了消息沒有？」

「什麼消息？」

「他們把房子賣了。」

「唔嘿，果不出所料！」他對自己說，跟着就問：「賣了？究竟是怎麼一回事？」

「怎麼一回事？老頭子老昏啦！幾位少爺呢，什麼都懶得管。這裏要改裝成汽車修理場。他們要把這大樓炸平。公司裏的書？那還用問，丟在垃圾桶啦。你若想從這些法西斯主義雜種手裏拿到一文錢，簡直是做白日夢！」

「什麼時候發生的事？」

「發生了就是發生了，還用問？」

你看，我真的是有先見之明啊，赫爾曼想。可是他沒有哼聲。多少年來，編輯部同仁常常談到要組織工會和策劃一種退休制度。可是談談就是談談而已。

老頭子克羅弗也真是老謀深算。因為工資一不高，因此他常常找些名義塞十元八塊到他的「老夥計」口袋，算是花紅。此外，凡遇猶太人的大年大節，他要不是送錢，就是送禮，作風就像歐洲舊派老闆對夥計的態度一樣。誰公然抗拒他的，他就叫

誰走路。會計處和另外一些工人也許會在別的地方找到工作，但編輯部門和作家就難找別的地方容身了。猶太學在今天的美國，快成絕響。猶太人死了，他們希伯萊文的藏書，要不是捐給圖書館，就是乾脆作廢物丟掉。不錯，希特拉的興起和歐戰的爆發，確使猶太學風行過一時，但這種暫短的興趣，實在沒有使印刷和發行猶太人的宗教書籍這行業有利可圖啊。

「看來肥年已經過盡了，」赫爾曼自言自語道。電梯在三樓停下來。一開門進去就是編緝部——一間天花板放得很低的大房間，不但桌子破舊，打字機也是史前遺物。難得的是連電話機也是老式的。總之，聲個房間氳瘟着灰塵、油蠟和霉臭味。

赫爾曼一進門就看到總編輯拉斐爾·羅賓斯坐在墊椅上，埋頭閱讀一份文稿，眼鏡已滑到鼻尖來了。這位先生中等身材，肩膀寬闊，圓圓的頭，挺拔的肚皮。他眼睛下的皮膚已打起摺來了。除了前列腺有毛病外，他還患了痔瘡。

羅賓斯的臉，常常露出祖父式的慈祥，夾雜着老婆婆的機靈。曾經有過一段很長的時期，羅賓斯在公司裏的主要差事，就是陪老闆吃午飯。在同事的眼中，他是個會奉承、會吹牛而又愛說謊話的人。他收藏了許多淫書，都是少年時代積下的「遺產」。說來湊巧，羅賓斯和開電梯的山姆一樣，都是老闆的同鄉。他的兒子是物理學家，曾參與原子炸彈的試驗與製造工作。女兒嫁了個華爾街的股票經紀。他本人也剩了些錢，並且也到了可以退休拿公益金的年紀了。

羅賓斯一邊看稿件，一邊搔着光禿的頭頂，亂搔一起。他很少退人家的稿件，因此文章越壓越多，堆在桌子上和書架上積塵。地方不夠用時，他還把稿件擱在工友燒水煮菜的小廚房壁櫥上。

幫助克羅弗致富，而多年來公司業務之所以能維持下去，全仗一個人的功勞。那個人就是約翰南·阿貝巴內教授，一個編輯辭典的專家。他哪裏弄來教授的名堂？真是天曉得。他一輩子沒有拿過什麼學位，連大學也沒上過。教授這銜頭，聽說是克羅弗封贈給他的。除了編過幾本辭典外，阿貝巴內還編過專為猶太教牧師用的經書禱文、給學生用的課本和其他手冊指南之類的東西。這些書都一版再版。阿貝巴內已是七十多歲的年紀，仍然獨身，身體很是衰弱，除了有心臟病外，還有疝氣開過刀。他收入少得可憐，長年居住低級旅館，還一天到晚擔心會不會被克羅弗解僱。儘管自己薪水微薄，幾個窮親戚還是靠他維持的呢。

他個子小，鬚髮皆白，小小的面孔，紅得像個冰凍的蘋果，小眼睛藏在濃粗的白眉毛下面。他靠桌子坐着，一面打着噴嚏，一面喘着氣用鋼筆寫着些蠅頭小字。晚近幾年來，他的文稿總得由赫爾曼複查過，有時整篇稿需要重寫一次。

也不知為了什麼原因，早上同事大家在公司見了面，誰也不會先開口招呼一聲早安。下班時，也絕不會有人跟你說聲「明天見」之類的話。偶然在辦公時間你會聽到一兩句客氣話。大概因

為同事間幾個月沒說過一句話，話匣子一打開後，有一方實在忍不住了，就走到對方的辦公室去，把心裏面的話，全部挖出來。說不定還邀對方吃晚飯呢。可是明天大家再見面峙，又像冤家碰頭一樣。實在說，大家相處了這麼多年，你厭煩我，我嫌棄你。在這種情形下，磨擦難免，小怨積多了，就成大怨，大家擺在心上，誰也不原諒誰。

公司的秘書利普希茨小姐大學畢業後，就來此工作，現在頭髮都全斑白了。她個子矮矮胖胖，脖子短短，胸脯肥大。她長了個獅子鼻，整天看到她撅着嘴，坐在打字機前，眼睛好像並沒有注意到面前稿件的存在。她目光越壁而過，神遊物外。有時往往好幾天聽不到她說過一句話。她只對電話講話，咕噥咕噥的。午飯她在對面的餐館吃，一個人坐着，攤開報紙，吃一口飯，抽一口煙。這位小姐實在聰明，英文、意第緒語、希伯來文、速記——總之，件件精通。曾經有一段時間，公司裏的上上下下（包括老闆），要不是公然宣布愛上她，就是暗戀着她。他們不時請她去看歌劇和電影，還為輪到誰請她吃午飯而吵過呢。可是這已是很久以前的事了。利普希茨小姐已有多年過着離群獨處的生活。克羅弗老頭兒說她把自己圍在無形的牆壁內。

赫爾曼進來時跟她點了點頭，但她好像沒有看見似的。他越過了梅利克的辦公室。此君是業務經理，高頭大耳，眼睛恍如兩隻突出的黑銅鈴。他面目看來年青，雖然頭髮已經銀白

了。他患了氣喘病。大概因為他愛賭馬的緣故，在他辦公室進出的，常見不少行跡可疑的人物。他和太太分居。現在跟會計部主管波特小姐搭上了。說來湊巧，小姐又是老闆的另外一個親戚。

赫爾曼終於到了自己的辦公室。雖然編輯部同仁見了面不打招呼是司空見慣的事，對赫爾曼來說，仍是一種莫大的心理負擔。公司請了個叫蔡弗‧吉齊施的人專事打掃和清理工作，可是這傢伙好吃懶做。牆壁髒不忍睹，窗玻璃也好久沒有洗擦。舊稿件和舊報紙打綑堆在地上，一擱就是幾年，塵埃積得厚厚的。

赫爾曼小心翼翼的脫下大衣，放在一堆書的上面。他坐的椅子，墊子已破，馬毛一根根的豎了出來。要不要動手做些什麼事了？可是，公司既要關門，幹嗎還要找事來做？他坐下來，不斷搖着頭，一半由於習慣，一半表示懊喪。「其實，凡事總有盡頭的一天，」他喃喃自語的說：「任何人為的制度和組織，命定了有解散的一天。」想到這裏，他俯下身子從大衣口袋把早上的信取出來。他一封封信翻看了一下，卻沒有打開，最後找到了新筆友羅絲‧比奇曼的信。

比奇曼太太在一本叫《訊息》的雜誌寫了篇文章，報告她過去十五年來跟她逝世了的祖母保持聯繫的經過。她祖母叫埃莉諾‧布絲太太，通常晚上在孫女面前出現，雖然有時在白天也出現過，穿的是入殮時的衣服。每次出現，總有許多意見告訴

孫女兒。有一次，她還把一個炸雞的秘方告訴她。赫爾曼看了這篇文章後，就寫了信給她，等了七個禮拜，一直沒收到她回信。雖然他不斷用心靈感應的力量傳訊息給她，但幾乎不敢再存什麼希望了。她病了──這一點他知道。

現在她的回信就在眼前，藏在淺藍色的信封內。打開信封卻不容易呢！最後，他只好用牙齒咬開。信紙也是淺藍色的，一共六頁。赫爾曼唸着：

岡賓納先生：

我在醫院過了差不多兩個月。今天是我出院的第二天，馬上想到要覆你的信。我患了脊骨瘤，得進醫院去開刀。據說如果不動手術，會變成殘廢，或更可怕的症狀。可是命運大概還要我留在人間。

我那則登在《訊息》的小故事想不到如此轟動。我生病期間，全國各地來了十多封信。有的還是從英國寄來的呢。

我女兒把你的信放在來信的最後一封。因此，如果我照次序開信，說不定要等好幾個禮拜才會開到你的信。可是我突然有個預感──除此外我無以名之──因此我把次序倒過來，從最後一封看起。看了你信封上的郵籤才知道，你的信如果不是第一封收到，最少是第一天收到的讀者來信。

我一輩子做事，常常不是依照原來的計劃，因為我中途突然要聽從某一個人，或某一樣東西的命令，雖然這「某一個人」或

「某一樣東西」究竟是什麼，我一無所知。我只好說這「某某」自我有記憶力以來，即存在我意識中。甚至可能在我會思想以前已經存在了。

你的信述理鞭闢入微，感情高貴，內容引人入勝，給我回家的第一天不少快樂。我女兒白天上班，既無時間，亦無耐心管理家務。我回家時，一切亂七八糟。我天生潔癖，治家條理分明，受不了凌亂的秩序，因此你可以想像得到我回家時的感覺。可是先生見解深邃，措詞誠懇親切，使我頓忘一己之憂。捧誦再三，不能不感謝上蒼，世間還有你這樣子的人存在，既有信心，又善解人意。

你信上要我告訴你各種細節，實在難以辦到。因為，要是我把各種事實寫出來，需要一本書的篇幅。短短一封信哪寫得完？別忘了，我在文章內所說的經驗，前前後後已經有十五年了。我聖人一般的祖母在我留院期間，每天都來看我。實在說，她把護士應做的工作接了過來。你也知道，護士對病人的需要，照顧得不見得怎麼仔細。再說，她們也忙不過來。

總之，若要我「確切」奉告（引你信上的話），非要幾個禮拜，甚至幾個月才能辦得到。我在這裏只能對你說的是，我在《訊息》上所說的話，每一句都是真的。有的人來信罵我「神經病」、「發瘋了」、「騙子」等等。他們說我沽名釣譽。我為什麼要說謊呢？而且，我又有什麼譽可釣的呢？在這情形下，我對你信中所流露的情感，欣喜可想而知。從你用的信箋看，你準是猶太人，在

猶太人出版社服務。為此我先向你說明，我一向對猶太人，上帝的選民，一向尊敬得很。我住的地方猶太人不多，而我接觸到的，早已對猶太人的宗教文化不感興趣的了。我因此一直希望能認識一個尊敬自己傳統的真正猶太人。

好吧，我現在得言歸正傳了，並請你原諒我上面的囉嗦話。我出院前一個晚上，我祖母來看我，一直聊到天亮時才離去。我們什麼都聊到，可是在她離開前，她突然說「今年冬天你要到紐約去，那裏你會遇到一個改變你一生的男人。」我得在此說明一下，雖然過去十五年來，我對祖母的話深信不疑——她從不亂說話，而她不管說什麼，都有理由——可是這一次，也是第一次，我聽了她的話後，不禁有些猶豫起來。我是個寡婦，靠小小一點退休金過活，到紐約去幹什麼？紐約哪裏來的男人可以改變我的一生了？

雖說我並不算老（剛四十出頭），長得也不醜。（請不要以為我虛榮心重，我只不過想把事情解釋清楚而已。）不過，我丈夫八年前死去時，我就立意不再結婚了。我女兒那時才十二歲，我因此決定盡力把心血放在她身上。這點我做到了。她已長大成人，相貌出眾，大學商科畢業，在一地產公司做事，前途極好。目前她已訂婚，對象是個政府官員，受過高等教育。我相信她會快樂的。

自我丈夫逝世以來，有不少男人向我求過婚，我都一一拒絕了。我祖母在這方面似乎與我意見一致，因為她從沒有表示反

對過。我對你說這些話，無非是這次她提到我到紐約去和會遇到一個可以改變我生命的男人的事，在我看來幾乎沒有可能。我當時想，她說這種話，不過是要我病後出院時高興些而已。後來，我果然把她的話忘了。

你知道這一點，就可以猜想到我今天感到的驚奇了。我回家後，就收到一封掛號信。發信人是金斯寶先生，紐約市的律師。他通知我我的姨婆凱德琳・彭內爾死了，留給我約摸五千元的遺產。我姨婆一生獨身，五十年前我還沒出生前就跟家裏脫離開係。據我們所知，她住在賓州一個農場內。父親偶然提到她和她的怪癖，可是我一直沒見過她，也不知她的死活。至於她又怎麼會到紐約來的呢，實在是個謎，正如她為什麼選我承受五千元的遺產是個不解的謎一樣。

可是這是擺在眼前的事實。這回我真的要到紐約去了，有許多契約之類要簽的。

我看完了律師的通知書和再看你那封情詞懇切的信後，我突然了解到我懷疑我祖母的話，是多麼愚笨的事。她的預言，從來沒有失驗過。我以後更不會懷疑她了。

這封信越寫越長，我手指也發麻了。我只想告訴你，在一月（最遲二月初）裏我會在紐約停留幾天。如果有機會能與你見面，不勝榮幸。

我不知道那種前面說過的「力量」會給我命運作了種種安排。可是我知道跟你見面將是我生命一個轉捩點。我希望對你亦

然。見到你面時，我有許多神奇的事情要告訴你的。目前，請
接受我的謝意和敬意。

你的朋友

羅絲・比奇曼上

四

　　事情也真發生得快。今天他們還在談着出版公司關門的
事，第二天居然實現了。克羅弗帶着幾個兒子到公司來，召集
員工開會。老頭子用以第緒語講話，拳頭擊着抬面，喊着叫
着，聲音洪亮如年青人。他恐嚇員工說，如果他們不接受他和
他兒子安排好的條件，他們一毛錢也不會拿到。老頭話講完
後，他的兒子西摩就用英語補充說了幾句話。西摩是律師，說
話慢條斯理，聲音平穩，不像他父親又叫又喊的。年紀大的、
聽覺有點不靈的職員，只好把椅子推前，調整了助聽器。西摩
舉出了一大堆數字，證明出版社在過去幾年虧蝕了幾十萬元。
做生意的人，怎能長期虧本？這個事實，都清清楚楚記在歷年的
賬簿上。

　　老闆走後，作者和工友留下來投票，看看是否要接受克羅弗
提出的條件。投票結果是大多數接受了。有人說克羅弗私下買
通一些夥計站在他那邊投票。可是，這又有什麼分別？每個人
第二天就會收到最後一張支票。稿件散置在抬上。山姆已把房
屋爆炸公司的人請上來了。

　　總編輯拉斐爾・羅賓斯小心謹慎的把自己帶來的座椅墊子放進背包裹。除此外他還有一個放大鏡和一抽屜的成藥。辭典專家約翰南・阿貝巴內什麼也沒有拿，只帶了一本字典回家。秘書利普希茨小姐來回踱着方步，眼睛紅紅的。業務經理梅利克帶了個大箱子來，把自己有關賽馬的檔案都拿回家去。

　　赫爾曼自己呢，歷年積下來的書信雖然不少，但實在沒有氣力搬動了。他拉開一個抽屜，往裏面塵封的文件望了一眼，馬上就咳嗆起來。他跟利普希茨小姐道過別，塞了五塊錢小費給山姆（最後一次了），然後就到銀行將支票兌了現款，跟着就截計程車回家。

　　多少年來，赫爾曼一直生活於恐懼失業的陰影中。令他想不到的是，當下午一點鐘他坐上汽車回家時，他心中反而出奇的寧靜。他頭也不回的離開了他浪費了近三十年生命的地方。天空下着濕雪。天空是灰濛濛的。他頭靠着椅背，眼睛閉上，赫爾曼把自己看作一具死屍，現在坐計程車回到自己的葬禮。靈魂離開軀殼去過自己精神生命時的感覺，大概也與此相近吧，他想。

　　他估計了一下：銀行存了差不多兩千元的積蓄，加上克羅弗給他的遣散費和失業津貼，他大概可以活兩年。也許還可以多活幾個月。可是從此以後他就得靠救濟金過活了。再找差事麼？那又何必呢。從孩提時代開始，赫爾曼就懇求上帝不要讓他依賴別人施捨過活。看來上帝沒有答應他的要求。當然，如果老天爺及時把他召去，那是另一回事。

　　謝天謝地，家裏溫暖得很呵。赫爾曼不覺往老鼠洞瞧了一眼。究竟自己在哪一方面比荷德好過一些呢？他問自己。不錯，荷德也要依賴別人。他掏出一本記事簿和一支鉛筆，開始計算起來。從此以後，他不必再一天花兩次坐計程車的錢了。也不必在外面吃午餐，付小費。還有一個好處，不必捐款了。同事子女或孫男孫女結婚，也不必應酬送禮。當然，更不用付所得稅了。赫爾曼打開衣櫃看看，現有的襯衣和鞋子，夠用十年以上。除了付房租、牛奶、麵包、雜誌和郵票外，再沒有用錢的地方。有過一陣子他想過要裝電話。幸好沒有裝。一個月省下來的六塊錢費用，夠活一個禮拜呢。赫爾曼省吃儉用的習慣，持之有年，雖然當時一點沒有想到會有今天的。這莫非是把生命的火燄減到最低點吧，好讓它能夠持久一些。

　　自搬進這小公寓以來，赫爾曼從來沒有像那天公司關門後，剛回到家時所感受到的溫暖享受。別人常常跟他抱怨說他們多孤獨寂寞。在他來說，只要有書可看，有信紙可以寫信；只要他能坐在暖爐旁邊冥想，他從不感到孤獨。隔壁的公寓，不時傳來孩子的歡笑聲、女人的談話聲和男人的叫喊聲。收音機開得震天價響。街上，男孩女孩追逐嬉戲，吵個不停。

　　當天的時間越來越短，房子內黑影四佈。外面的雪，竟變得出奇的藍。傍晚時分了。「一天又過去了，」赫爾曼提醒自己說。這一天，這一個特別的日子，永遠不會回來了，除非尼采那套「輪迴」的理論是對的。即使我們相信時間不過是一種觀

念，但一天過了就等於一頁翻過去的書一樣，已存入永恆的檔
案。可是我今天有什麼成就沒有？我幫過誰的忙了？赫爾曼問
自己。這才想到他連老鼠的忙也沒有幫上，因為荷德一天都沒
有出來，連眼睛也不露一下。她是不是病了？說來荷德年紀也
不少。連天都會老，何況動物。

　　赫爾曼在冬天的黃昏下枯坐，好像靜心等候高處的「力量」
給他什麼指示似的。有時超自然界的力量會露一點點訊息給
他；有時則久久不見蹤跡。他想念被納粹殺害了的父母、祖父
母、兄弟姊妹、叔伯和堂兄弟。他們在哪裏安息了？他們會想
念他麼？他們是不是已進入了一個新境界，對塵世的事，早
已不再關心的了？他開始向他們禱告，請他們在這冬夜來看
看他。

　　暖氣爐的蒸汽磁磁作響，在赫爾曼聽來，有音樂的效果，像
安慰他說：「你不孤獨，因為你是宇宙一分子，上帝的兒女，造
化不可或缺的一部分。你的苦難也就是上帝的苦難；你的希望
也就是祂的希望。每件事均有其秩序。讓靈光照射你，你一下
子就會充滿快樂。」

　　突然赫爾曼聽到老鼠的叫聲，原來荷德已在黑暗中爬了出
來，四邊警覺的看了一下，似乎耽心旁邊會突然冒出一頭貓來。
赫爾曼屏息呼吸。小朋友，別怕，沒有東西會傷害你。他靜觀
看荷德走到盛水的碟子旁邊，先喝一口，然後再喝第二口、第三
口。水喝夠後，她才啃乳酪。

你能找到比這個更神妙的現象麼？赫爾曼想。我面前站着一隻老鼠，是另一隻老鼠的女兒，是某隻老鼠的孫女兒，是千千萬曾經活過、受過苦難的老鼠的後裔。牠們繁殖、誕生、死去，留下子子孫孫……。荷德顯然是這一血統最後一個女兒了。現在她站着吃東西，爭取營養。她一天躲在洞裏想些什麼東西呢？她一定有所思，因為她有腦袋，有神經系統。她和行星、恆星和銀河系的存在道理一樣——是造化的一部分。

荷德突然抬頭看了赫爾曼一眼，神色充滿了人類特有的愛和感激。她一定是對我說謝謝了，赫爾曼想。

五

赫爾曼在公司關了門後才慢慢發覺到，早上爬起來梳洗上班、等計程車、在辦公室翻字典、寫作、改文章，然後再等車回家，原來是這麼吃力的一回事。他過去的日子一定是拼着最後一口氣來工作的。公司關門那天，一定是他氣力用盡的一天。從這件事可以看出上帝仁慈的一面和天意的安排。應該感謝上蒼的是，他還有看書寫信的興趣。

又下雪了。赫爾曼記憶所及，這是他來紐約後雪下得最多的一年了。他住的是小巷，計程車為雪所阻，是絕對不可能開到他這邊來的。要他踏雪走到大街上去叫車子，準先昏倒在雪堆裏。他算運氣的了，雜貨店的小孩沒有忘記他，每天給他送麵包來。有時送雞蛋、乳酪，或其他赫爾曼吩咐過要他送來的

東西。他的鄰居也照顧他，不時敲他的門，問他可要咖啡、茶、或水果。他一一鄭重的謝謝他們。他雖然窮，卻常常掏出零錢交做母親的給孩子買巧克力吃。這些女鄰居，一進門絕少馬上離開，她們在他房間徘徊着，用口齒不清的英文跟他聊天，臨走時還用不勝依戀的眼光望着他。有一次，一位芳鄰還輕輕撫摸着他的頭呢。他就有這種吸引女性的能力。

好幾次，女人愛他愛得發狂，但赫爾曼不想成家。養兒育女在他說來跡近荒唐。人類的悲劇難道還不夠？幹嗎還要延續下去？再說，他身上若有剩錢，都寄回老家高樂岷。

他的思想，不斷回到在高樂岷過的那段歲月。他記得自己讀小學和上神修班的日子，記得怎樣偷偷的自修現代希伯來文、波蘭文、德文。自己選課，也教別人。他的初戀，也是在那個時候發生的。他還記得約會過的女孩子，散步到林中、到水車磨坊、到墳場。從小時候開始，他對墳場就有濃厚的興趣，常常一個人在墓碑間默想，一坐就是好幾個鐘頭，諦聽頑石般的沉靜。死者從墓中跟他講話。高樂岷的墳場，長了許多白樺樹，微風過處，銀色的葉子沙沙作響，聽來頗像它們說話的聲音。它們的樹枝互相交纏，想在交頭接耳，互訴衷曲。

後來他就到了美國，因失業而彷徨於紐約。參加錫樂山出版公司後他才學英語。那時他健康還好，有精力去鬧戀愛。說來也許難以相信，在戀愛這方面，他戰果輝煌。現在在寂寞的晚上，這一段段舊情的細節，重現心頭。情人跟他講過的如醉如痴的

話，句句沒忘。人只要有記憶，世上就沒有所謂湮沒的事。三十年前一個女人跟他講的，當時令他非常茫然的話，現在突然變得玲瓏清楚不過。謝謝老天，他想，我的記憶夠我回味一百年。

玻璃窗結冰了，也是赫爾曼來美國後第一次看到。玻璃板上結出來的圖案，恍如他故鄉的樹木——前仰後翻、橫七豎八的棕櫚和異種的灌木。此外還有各樣的奇花異草。霜雪運筆如藝術家，但繪出來的圖案卻是永恆的。那就是說，大眾熟悉的。水晶？水晶又是什麼東西了？誰施號令叫原子和分子如此這般的排列着？在紐約的分子和在高樂峴的分子是不是有什麼共通的關係？

赫爾曼一閉上眼睛打盹時，奇跡就發生了。一個夢接着一個夢投奔他來。夢中發生的事，他看得清清楚楚。也許這不是夢，而是心靈的景象。他飛越東方的名都大城，跨過高塔、寺院和堡壘。他在神奇的花園和怪異的森林遊蕩過。他也遇見到人類學者尚未記載過的種族，說過各種不同的外國語言。有時，他被夢中的惡魔嚇壞了。

赫爾曼常這麼想，人的真正生命是在睡眠時開始的。醒着的時間，不外是為了要完成一些派下來的任務。

現在不用上班，赫爾曼的日常秩序就顛倒過來。事情來得非常自然。他晚上寫信看書，白天睡覺。傍晚時分吃午飯。晚飯呢，乾脆省掉了。鬧鐘停了，但他沒有再上鍊。時間對他已無意義。有時晚上他懶得連燈也沒有亮。不看書，他就靠着暖爐邊坐着打盹。他感到疲累不堪，整天昏昏欲睡。我是不是病

了？他問自己。雜貨店的孩子送來的東西本來就不多，可是他老是吃不完的。

真正養他生命的，是他筆友來的信。他每天仍依着老習慣，下樓到走廊去領取信件。他一口氣買下了許多信紙信封和郵票。公寓大廈出門不到幾尺就有郵筒。如果雪實在下得太大，他走不動，他就會請一位鄰居代他發信。最近有一位與他同樓的女住客願意替他每天早上寄信，赫爾曼也就把自己信箱的鑰匙交給她了。她集郵，赫爾曼收到信後，把郵票剪下給她，算做酬勞。現在他再不用辛辛苦苦的每天爬樓梯了。女鄰居給他發信，又把他信箱裏的信塞在他門底下，舉動輕巧得很，赫爾曼從來沒聽過她的腳步聲。

他常常通宵寫信，累了就眄一下。間中他就從抽屜抽出一封舊信，舉起放大鏡唸着。對的，死去了的人還跟着我們。他們還會回到親人旁邊給他們生意上或債務上的意見，或者是怎樣去治療病人。不但如此，死者還會出面安慰絕望的人，提供旅行、工作、愛情和婚姻方面各種見解。有的還在床頭留下鮮花，或從遙遠的地方帶來信物。當然，情況因人而異。有的只在自己逝世前幾分鐘才在親人面前出現。有些呢，要等死後幾年才顯靈。如果這些筆友所言都是事實，那麼他所有的親戚都應該「活着」了，赫爾曼想。他不禁禱告起來，求他們在他面前出現。靈魂是燒不死、煤氣悶不昏、繩子吊不傷、刀槍不入的。六百萬個被謀害了的靈魂，總會在某一個地方存在着。

　　一天晚上赫爾曼寫信等到天亮才罷手。他一一把信放入信封，寫上地址，貼上郵票後才上床睡覺。他再張眼時，天已大亮，突覺頭部沉重，壓在枕頭上如一塊大石。他渾身覺得悶熱，同時背後又傳來陣陣寒意。他夢到他死去的家人來看他了，可是「行為」非常失當。他們吵架、叫罵，最後居然為爭一個草籃子而打起架來。

　　赫爾曼往門的方向望去。鄰居已把他的信塞在門下面了。可是他不能移動。是不是我已經癱瘓了？他又睡着，鬼又回來了。他媽媽和他的妹妹為一隻鐵梳子吵起來。「這真荒唐！」他對自己說：「鬼哪裏用得着梳子？」他又做另外一個夢，發現自己房間的牆壁原來有了櫥櫃。他一打開櫃門，幾百封信同時湧出來。這是什麼櫥櫃？所有的信都是舊的，雖然他從沒打開過。他在夢中覺得非常難受。這麼多人寫信給他，他卻一直沒回信。他猜想一定是郵差把這些信藏在這裏，省掉派信的麻煩。但話又說回來，既然郵差已到這座公寓大樓來了，又何必把信件藏在暗櫥？

　　他醒來時已是晚上。「時間怎麼過得這麼快？」他想。他想起床到洗手間去，可是頭覺得天旋地轉，一切變得漆黑。他倒在地上。完了，他想。荷德怎辦？

　　他毫無氣力的躺在地上。過了好一陣子，他爬起來，扶着牆壁摸到洗手間去。他的尿是棕色的，呈油狀，排洩時還有一種刺痛的感覺。

　　爬回床去也是極為費時吃力的事。他躺下來，感到床架一時升起，一時又降下來。更奇怪的是，他不用打開信封也看得見信件的內容。住在科羅拉多州一小鎮的一個女筆友覆了他的信了。她告訴他一個生前和她常常吵架的鄰居，變了鬼後還回來打破她的縫衣機。不但如此，這位成了鬼的冤家還會在她樓板潑水，把她的枕頭刺開，把裏面的鵝毛都抖了出來。死了的人也真會撒野呵。他們更會報仇。果然如此，赫爾曼不禁想道，那麼猶太鬼大可能向納粹鬼宣戰呢。

　　那天晚上赫爾曼打着瞌睡，但一會兒又渾身抽搐起來，人跟着也醒了。外面狂風怒吼，吹擊到大樓來。他想起了荷德，這「小朋玄」既沒有吃的，也沒喝的呵。他要爬下床來餵她，但四肢完全不聽他指揮。他向上帝禱告說：「我什麼東西也不要，可是請勿讓那小動物餓死呵！」他答應要捐些善款，跟着自己也睡着了。

　　赫爾曼睜開眼時，一天正要開始。他吃力的從厚霜掩蓋的窗玻璃望出來，知道這又是一個陰暗的冬日。看來室內的溫度和外邊差不了多少。他靜聽了一陣，暖爐沒有水蒸汽發出的磁磁聲音。他想牽被蓋上，但手足一點氣力都沒有。這時走廊外有呼喊和奔走的聲音。有人敲門了，他卻不能應門。敲門聲越來越響。有一個男人在說話，是講西班牙文。跟着赫爾曼聽到一個女人的聲音。突然有人用力推門。進來的是個波多黎哥的男子，後面跟着一個穿着毛大衣和帽子的細小女人。她隨身帶着的皮手筒，赫爾曼在美國還是第一次看到。

女人走到他床前，招呼他説：「岡賓納先生？」她唸他名字時把重音放在第一個字母，使赫爾曼幾乎以為她説的是第二個人。波多黎哥人先自走了。女人的手上捏着她在地上拾起來的信。她皮膚白皙，黑眼珠，細鼻子。跟着她又説：「我知道你生病了。我是比奇曼太太——羅絲・比奇曼。」

她手上拿着的信中，其中有一封是她寄來的。這時她特意挑了出來，遞給他看。

他明白她説的一切，卻苦不能作答。他又聽到她説話了。「我祖母要我來的，比我預定要來紐約的日子早了兩個禮拜。你病了，而你這座大樓的總暖爐爆炸了。來，我給你蓋被。你電話在哪裏？」

她用毛氈給他蓋好，但這東西冷得像冰塊。她自己也冷得不斷走來走去，踩着腳，搓着手。

「你沒有電話麼？我怎樣去請醫生呢？」

他要對她説他不需要醫生，但軟弱得不能開口。注意看她的一舉一動更令他感到疲倦。他閉上了眼睛，一會兒就忘記他房中還有客人。

六

「我怎會這麼貪睡呢？」赫爾曼問自己道。這樣老睡下去，就變成廢人了。他睜開眼睛，看到了一個陌生的女人，隨後就想到她是誰，跟着又睡着了。

　　她帶了一個高頭大馬的醫生來。醫生揭開他的被窩，用聽筒聽他的心臟，捏了捏他的肚皮，然後再看他的喉嚨。赫爾曼聽到了他說「肺炎」這個字。他們告訴他要到醫院去。他集中了全身的氣力搖了搖頭。他寧願死去。醫生帶着笑容的說了他的不是，那女人也幫腔插嘴。醫院有什麼不好？他們會把他的病醫好。她每天會去看他，照顧他。

　　赫爾曼可頑固得很。他終於掙扎着對女人擠出這句話：「每個人都有決定自己命運的權利！」他告訴她他存錢的地方後，就帶着懇求的眼光望着她，伸出手給她要她答應她不送他到醫院去。

　　一分鐘前他說話清清楚楚如常人，下一分鐘又陷入昏迷狀態了。他又做夢了，雖然究竟是醒着做的夢呢，還是睡着做的，連他自己也不知道。那女人給他服藥。不久另一個女人來給他打針。謝謝上帝，暖氣已回復正常。暖爐吱喳了一天半夜。現在陽光透進房間——就是每天早上透過他窗玻璃進來。讓他分享那一點點的陽光。天花板光線刺眼。鄰居接二連三過來探問。來的大多數是女人。她們要不是盛了一碗麥片，就是端着杯溫牛奶，再不然就是捧着一杯熱茶進來。

　　羅絲·比奇曼換了衣服。有時她穿黑色或黃色的套裝，有時則換了件白的或玫瑰紅的短外套。有時她像個嚴肅的中年婦人，有時又變了個滿身孩子氣，愛開玩笑的少女。她把體溫計插進他嘴巴去，並在他床上放了個便盆。她還給他褪去衣服，用酒精給他擦身體。他骨瘦如柴，為此覺得不好意思。她卻安

慰他説：「有什麼值得難為情的？上帝給我們什麼模樣，就是那種模樣！」

他雖然病得力盡心疲，卻一樣感覺到她特別柔軟的手心。她是人麼？還是天使？他又回到孩提時代了，有母親寶貝他，為他擔憂。他當然知道，他這樣昏睡下去，可能就此不起的，但他早就不再恐懼死神的降臨。

赫爾曼心中存着一個結：夢。這是一種以多種不同形式重複出現的事體或幻象。究竟有什麼深意呢？赫爾曼怎樣也猜不出來。睡眠對他來説有如一本急着要看完的書，一分鐘也不願停下來。喝茶、服藥因此成了討厭的騷擾了。他的身體和與此關聯的痛苦，已離他而去。

他醒來。天空漸成灰白。羅絲放了一包冰在他額上。看到他醒來，他把冰移去，告訴他説他的睡衣沾了他鼻子流出的血。

「是不是我要死了？這是不是死亡？」他問自己。他只是好奇而已。

羅絲用茶匙餵他吃藥，藥味濃厚如白蘭地酒。赫爾曼閉起眼睛，再睜開來時，他看到雪夜淺淺的藍色。羅絲靠着桌子坐下。那桌子經年累月都擺滿了書，她一定都移開了。她的手指壓在桌子的邊沿。桌子移動，前腳升起，但一下子就砰的一聲掉了下來。

這一下他完全清醒過來，好像沒有生病的樣子。桌子是自己移動的呢？還是羅絲將它扳起來的？他驚奇的睜着眼看看。羅絲

口中唸唸有詞，好像向誰問着一些他聽不清楚的問題。時而見她發着牢騷，可是有一次她竟大笑起來，露出一口小小的牙齒。突然她站起來，走到他床前，俯過身去對他説：「你會活過來的。」

他聽着她説話，態度冷淡得連自己也覺驚奇。

他又閉上眼睛，馬上又看到自己身處故鄉高樂岷了。他家人全在那裏了——父母、祖父母、兄弟、姐妹、叔伯姨母堂兄弟，全都在那裏。奇怪的是，高樂岷怎會是紐約一部分呢？他只需走到一條通往運河街的街道就是。那條街靠山邊，他得爬過去。他好像得走過一個地窖，或一條隧道。總之，這是一處他在其他夢境中也看過的地方。他越走越黑暗，地面開始陡峭，四面都有溝渠，牆壁越來越低，空氣也悶滯。打開了暗室的門，他看到許多骷髏堆在地上。粘泥泥的，已經腐爛了。原來這是地下墳場。他記得在這裏看過一個像教堂管事或是墳場負責人在那兒料理那堆骨頭。

「這哪裏是人住的地方？誰要吃這一行的飯？」赫爾曼問着自己。他現在看不見這個人了，可是以前在夢境見到他時，他是長着鬍子的，衣衫襤褸。他把骨頭一根根扭斷，如折枯枝，一面得意的暗笑起來。赫爾曼決定要逃出這迷宮，乃伏地作蛇行，用力過度，幾乎呼吸中斷。

醒來時冒了一身冷汗。燈沒有亮，但好像室內某個角落閃亮着一點螢光。哪裏來的呢？比奇曼太太又在哪裏？真是個奇跡，他的病好了。

他慢慢坐起來後才看到羅絲睡在帆布床上，蓋着一張不是他房間裏來的氈子。那點螢光，原來是她放在靠地板一個插口的小燈泡。赫爾曼坐着沒動，讓汗水自乾，也因此覺得越坐越冷。

「看來我命不該絕了，」他喃喃道：「可是我活下去對別人又有什麼用？」他找不到答案。

汗水乾了以後，他又靠枕半身靜靜的躺着。他什麼事都記得清清楚楚……他生了病、羅絲剛巧趕到、請了醫生來看他、他拒絕入醫院。他重新估計目前情勢。危機已過，身體雖然虛弱，但病至少好了。痛苦已除、呼吸通暢、喉嚨已無痰塞。而面前這個女人救了自己性命。

赫爾曼知道他應感謝上帝，可是他現在心中感到的，卻是一種蒼涼的滋味，近乎被騙的感覺。他一直祈望老天爺——給他開開天眼，讓他看看造化的謎。他指望着病中的昏睡會給他窺望到健康的人看不到的東西。他對死亡不畏懼，也無非是存着這種心理：讓我看看帳幕的另一邊是什麼一種光景吧。他讀了不少報導，說生了重病的人的魂魄怎樣攀山越嶺，飄洋過海。另一些又說這些病人怎樣與亡故的親戚重敍。他們甚至看到天堂的美景。赫爾曼昏睡多次，經驗到的僅是一連串的惡夢。他記得那張曾經提起前腿，後來又掉下來的桌子。它在哪裏呢？噢，原來離床邊不遠，堆滿了信件和雜誌，顯然是在他病中收到的。

赫爾曼的目光落在羅絲身上。她幹嗎要來呢？她什麼時候把帆布床搬進來的？現在他把她看得清清楚楚：細小的鼻子、微

陷的頰骨、黑色的頭髮，唔，對女人說來，她的額角高了點。她靜靜的躺着，氈子蓋到胸口。聽不到她的呼吸聲。赫爾曼突然想到，會不會是她死了？他全神貫注的望着她，看到她鼻孔微動才放了心。

他又打起瞌睡來，朦朧中聽到有人低聲說話，乃馬上睜開眼睛。原來羅絲在說夢話！他細心聽了一會，一句也聽不懂。他搞不清楚她說的是英語還是別的語文，總之他不懂就是。呵，對了，她在跟祖母講話。馬上他摒息呼吸，身子紋風不動，希望最少捉摸到她說的一個字。他白費了氣力，因為一個字母也沒聽到。羅絲安靜了一會，不久又恢復呢喃起來。她嘴唇動也不動，聲音好像是從鼻孔透出來的。誰知道？說不定她說的不是人間的語言。他猜想羅絲一定向祖母提出了些什麼意見，然後兩人就鬥起嘴來。這樣子去竊聽人家說話，非常費力。一下子赫爾曼就累倒了。眼睛一閉，就睡着。

他身體抽動了一下，跟着就醒來。睡了多久呢？也許僅是一分鐘，但也許是一個鐘頭。窗外的天空還是黑沉沉的。羅絲睡得很安靜。突然赫爾曼想起了荷德。這小朋友怎樣了？自己病了這麼久，竟完全忘了她，多可怕呵！除他以外，再沒有人給她吃喝的。「她準死了！」他想：「饑渴而死。」他慚愧極了。他自己痊癒了。上蒼派遣了一位好心腸的姐妹來照顧他，而靠他養命的小動物卻餓死了。「我不該沒想到她！不該呵！我害死她了！」

　　他沮喪極了，點點地為荷德的靈魂禱告。「你也算是活過了。在這天棄的、絕情絕義的、撒旦、艾斯莫德斯、希特勒、史太林當道的無底深淵的世界，你也盡了造化要你盡的責任。你現在不必幽禁於洞穴，更不必為饑餓、缺水和疾病耽憂。你現在已是神靈充塞的宇宙一部分，和上帝在一起。……誰曉得你為什麼一定要做老鼠？」

　　赫爾曼在心裏為荷德唸了誦詞。這老鼠的半生是跟他度過的，最後為了他的緣故而離開這世界。「天曉得，世上所有的大學者、大哲學家和政治領袖把汝類汝族怎麼看法？人類是所有動物中最會侵犯別人的族類，可是他們卻稱自己為萬物之靈。其他動物活在這世界上，只為了充作他們的食物或皮料。受他們的折磨，處死。與動物相比，人類都是納粹黨徒。可是人卻要上天對他們慈悲！」

　　想到這裏，赫爾曼以手掩嘴：「我不能活下去！我不能活下去！我不能做兇手！上帝，請收留我吧，我要脫離這世界！」

　　他的腦袋空蕩蕩的。突然，他渾身發抖。說不定荷德還活着？說不定她自己找到了些果腹的東西？如果她這時昏迷在洞裏，說不定可以救活過來？得要起床看看。他揭起氈子，試探着先放一隻腳下地。床架吱吱作響。

　　羅絲張開了眼睛，好像她根本沒有睡着，僅是假裝而已。「你做什麼？」她問。

　　「有一件事我得查清楚。」

「什麼事？你先等一等，」她在氈子下把睡衣拉平了一下，就走下床，光着腳走到他前面。她的腳皮膚潔白，纖小如女孩，腳趾細細。

「你現在覺得怎樣了？」她問。

「我請求你好好聽我講，」他說，他以平靜的聲音告訴了她有關荷德的一切。

羅絲聽着，面上一點也不顯得驚奇。她說：「對的，晚上我的確聽見老鼠抓東西的聲音，有時一個晚上抓好幾次。那些傢伙準是啃你的書了。」

「只有一隻，乖得很。」

「現在你要我怎辦？」

「洞就在這裏……我以往都是放一碟水和一小塊乳酪給她吃。」

「我沒有乳酪了。」

「那麼就放牛奶吧。說不定她早死了，可是……。」

「牛奶倒有的是，不過我先給你量體溫。」她從什麼地方取出了體溫計，搖了搖，就放到他口中，熟嫻得像個護士。

赫爾曼看着她在小廚房裏忙着。她把牛奶從瓶子倒進碟子，頻頻回過頭來好奇的望着他，好像不大相信她剛才聽到的是事實一樣。

這怎可能呢？赫爾曼問自己。她哪裏像個有了二十歲孩子的母親？她自己才像個孩子呢。她鬆了下來的頭髮垂到肩上。透過她的睡袍，他隱約可以猜出她的身裁：纖小的腰身，不大寬厚的

臀部。她臉上予人那種溫柔嬌婉的感覺，與她信上露出的那種莊重得近乎嚴峻的語調，有點不對稱。可是，這又算什麼？誰說過東西一定得相稱了？每一個人還不是上帝實驗室中一種新驗品？

　　羅絲捧着盛牛奶的碟子，小心翼翼的放在他指定的地方，然後走回帆布床下，穿上拖鞋。她取出了他口中的體溫計，跑到亮着燈的洗手間去看。不一會她就回來，對他說：「你的燒已退了，謝謝天。」

　　「你救了我的命，」赫爾曼說。

　　「是我祖母叫我來的。我希望你看到我的第一封信。」

　　「我看了。」

　　「你好像跟半個地球的人通訊呢。」

　　「我對心靈感應的研究很有興趣。」

　　「今天你第一次沒有發燒。」

　　頓了半晌，兩人都覺得無話可說。後來還是他先開口：「我該怎樣報答你？」

　　羅絲皺皺眉頭，說：「我不要你報答。」

　　　　　　　　　七

　　赫爾曼睡着時，又回到了高樂峴。那是一個夏天的黃昏，他正和一個女孩子散步過橋，要到磨坊和俄國正教的墳場去。那兒的墓碑，都貼上死者生前的照片。一個比太陽和月亮還要大的明亮球體在天空閃閃發光。光輝投在水面，水底照得通

明，游魚清晰可見。但魚不是常見的鯉魚或狗魚，而是鯨魚和鯊魚，長有金鰭、紅角，皮膚類似蝙蝠的翅膀。

「這是什麼東西？」赫爾曼問道：「難道宇宙變了？難道地球已脫離了太陽和銀河的軌跡？是不是地球要變成彗星了？」他要跟和他走在一起的女孩子談話，但她卻是墳墓中埋葬了的一個死者。她用俄文回答，雖然在他聽來，也是希伯萊文。赫爾曼又問：「難道康德純理性的範疇，在高樂岷已經用不着了麼？」

赫爾曼一驚而起。窗外仍是黑夜。羅絲睡着。現在赫爾曼又仔細打量她一番。她不再喃喃説夢話了，雖然她嘴唇總然會微動一下。在夢中笑起來時，她的眉頭就會皺起來。她的頭髮散披枕上。被子卸了下來，赫爾曼看到她翻摺起來的睡袍和微挺的上胸。他定了神的看着她時，深感世事之玄妙。一個陌生的女人在他緊要關頭時出現他面前已夠神奇的了，更難得的是她又不是猶太人。而且，還是從南部某個地方來的。是一個已不在人世的老太太派遣來的！

她哪裏找來的鋪蓋呢？短短幾天，她已把他的房間整理得井井有條。窗子有了窗簾，檯上的報紙和稿件均已搬開了，打掃過了。最令他奇怪的是她居然沒動那個吸墨水的墊子，好像她也知道這曾經是一個奇跡降臨過的工具一樣。赫爾曼邊看着室內的轉變，邊點着頭。書架上擺着的書，看來也叫人舒服，好像沒有以前那麼陳舊和破爛了。房間的空氣，以前霉霉濕濕，現在涼爽清新。赫爾曼不禁想到在高樂岷過的某一個猶太人感

恩節的晚上。就差現在的天花板沒有掛着儀式所需要的餅食而已。他要回想最後一次做過的夢，但除了那道投到湖面的白光外，其他細節已忘記了。「唉，夢境果然就是夢境，一去了無痕。」他對自己說。

這時他聽到一種好像是嬰孩吮奶頭的聲音。赫爾曼坐起來，就看到荷德！她顯得比以前消瘦了，而她的毛也變得灰白，好像她也老了。

「老天爺，荷德沒有死！你看，她站在那兒喝奶！」此刻赫爾曼感到渾身舒暢，覺得生平少有這麼快樂過。他病好，卻沒有感謝上帝。現在上蒼讓老鼠活了，他感激極了。他對荷德充滿了愛心。對羅絲的愛意，也油然而生。難得的是她這麼了解他的心情，什麼問題也不問，就依他吩咐餵牛奶給荷德喝。

「我不配，我真的不配，」他喃喃道：「這一切全是上帝的恩典。」

赫爾曼不是個輕易流眼淚的人。當年接到消息說他全家在高樂岷遇害時，他一滴淚水也沒掉過。現在他卻哭了。命中註定了他不用當兇手。上天果能明察秋毫；在他生病期間，照顧了荷德，沒讓她餓死。不是上天照顧，老鼠不可能挨餓這麼久而不死吧？

赫爾曼全神貫注的看着荷德。雖然餓了這麼久，她吃東西還是那麼有板有眼的，喝了幾口牛奶後，又頓一頓。大概因為她堅信沒有人會拿去她應得的東西吧？

「小老鼠，聖潔的小朋友！」赫爾曼從心底裏對她呼喚，最後還投給她一個飛吻。

荷德繼續喝着牛奶，不時側起頭來看他一眼。他猜想她的眼色一定透露着奇怪的表情，好像是對他說：「你為什麼讓我挨了這麼久的餓？這個睡在這裏的女人又是誰了？」

沒多久，荷德走回洞裏。

羅絲張開了眼，一看見他就說：「呵，你已經起來了！現在是什麼時間了？」

「荷德已經喝過牛奶了。」

「什麼？哦，當然，當然，我知道。」

「我求你，你別笑話我呵。」

「我沒有。」

「你救了兩條生命。」

「我們都是上帝的兒女。我給你燒茶吧。」

赫爾曼本來想告訴她不用張羅了，但實在覺得喉乾舌燥，因此也就沒阻止她。除了口渴外，他還覺得餓。真的，他又回到生命的秩序來，面對生命的各種需要。

羅絲在小廚房忙着，一下子就捧着一杯茶和兩塊餅乾給他。杯和碟都是新的，她添置的東西。

她坐在椅子的邊緣上。「喝茶吧。我相信你自己不知道病得多厲害。」

「真的為難了你。」

「我若來遲兩天，就太晚了。」

「那可能是我的福氣。」

「別那樣說。世上需要你這種人。」

「今天我聽到你跟你祖母談話，」他有點猶豫的說，因為實在不知道應不應該跟她講這句話。

她聽着，沉思了一會，然後回答說：「對的，昨天晚上她來過。」

「她說了些什麼話？」

她有點不大自然的望着他。第一次，他看到她的眸子是淺棕色的。「我希望你別見笑。」

「見笑？上帝，我怎會？」

「她要我照顧你，因為你比我女兒更需要我。這是她的話。」

赫爾曼脊骨感到一陣寒意。「對，這也許是真的，可是——」

「可是什麼？我請請你，坦白告訴我。」

「我一無所有。我身體虛弱。我只會增加你的負擔——」

「負擔是給人背的。」

「你說的倒是。」

「如果你需要我，我就留下來。最少等到你完全康復為止。」

「我需要你。」

「這就是我要聽的話。」

她馬上站起來，別過面，走到洗手間去，羞怯得如一個年輕的高樂岷新娘子。她一直站在洗手間的門口，低着頭背着他，露出她小小的頸背和一頭散髮。

　　窗外已呈灰白。又下雪了，破曉的霜雪。夜色與晨光交濃。雲層遊於天空。窗戶、屋頂和太平梯衝破黑夜，露出頭角。燈火漸熄。夜已消解，了無痕跡。跟着來的是面目不明的現實，永遠是謎樣的現實。一隻鴿子穿越雪花飛過。暖氣雖已開始沉吟。鄰近的公寓已傳出了小孩第一陣喊聲哭聲。收音機已響。為孩子和家務壓得透不過氣來的母親，用西班牙文又叫又罵一番。地球又轉了一次。窗玻璃出現了玫瑰紅。東邊最少還有點陽光。他房子裏的書架浸淫於紫灰色的光線中。破舊的線裝書和褪了色的燙金書名，依稀可辨。凡此一切，都好像老天爺向他洩了一線天機。

伯納德・瑪拉末
(Bernard Malamud)

白痴先來

時鐘沉重的滴嗒聲已停。正在黑暗中打着盹兒的孟德驀地驚醒。他一面豎起耳來聽，一面覺得痛苦又回來了。他穿起了冰冷的衣服，在牀邊坐了一會。

「以撒，」最後他終於嘆口氣說。

以撒在廚房內，痴呆的張着嘴巴，掌心上放着六顆花生米。他一顆一顆的放在桌子上，口裏唸着：「一⋯⋯二⋯⋯九。」

他又把每顆花生都撿起，走到門口來。孟德穿着大得不稱身的大衣和帽子，還坐在床緣。以撒望着他。他眼睛和耳朵都很小，兩鬢已白。

「睡睡覺。」他鼻音濃重的說。

「不是，」孟德喃喃的說，隨着站了起來，好像感到窒息的樣子。「來吧，以撒。」

孟德看到了那個停掉了的鐘就感到噁心。他把自己的老手錶上了鍊。

以撒要把手錶拿到耳邊去聽。

「不要玩啦，已經晚了，」孟德小心翼翼的把手錶放好後，在抽屜裏翻出一個小紙袋來，裏面是些摺得皺皺的五元鈔和一元鈔。他把錢放到大衣口袋去，幫以撒穿好大衣。

　　以撒往這個黑窗口望了望，往那個黑窗口望了望。孟德則茫然的望着兩個空窗子。

　　他們慢慢的走下燈光昏暗的樓梯，孟德在前，以撒跟在後面，注視着牆上移動着的人影。他把一粒花生米遞給長影子。

　　「餓——餓，」他說。

　　在門廳內，孟德透過薄薄的窗玻璃瞧出去。十一月間的晚上，又冷又淒涼。他打開了門，謹慎地探頭出去。雖然他沒看見什麼，但他連忙關上了門。

　　「金斯寶，昨天來看我的那個人，」他在以撒耳邊輕輕的說。

　　以撒吞了口氣。

　　「你知我說的是誰麼？」

　　以撒用手指撥了撥頭髮。

　　「就是那個長着黑鬍子的人，別跟他說話，他要你跟他出去時也不要理他。」

　　以撒哼了一聲。

　　「他倒是不大麻煩年青人的，」孟德隨後想了想說。

　　這是晚飯時間，街上空蕩蕩的，但商店暗淡的燈火一直亮到街上的轉角處。他們過了街，繼續往前走。以撒看到了當鋪門外懸着的三個金球，用手指了指，快樂得叫了起來。孟德笑了笑，但走到當鋪時，已累得筋疲力盡了。

　　當鋪老闆是個紅鬍子，戴着黑邊眼鏡，他們進來時正在後面吃着一條銀灰色的魚。他伸長了脖子看他們一眼後，又回過頭去喝茶。

　　五分鐘後他走出來，用一條白手帕擦着他那兩片幾乎看不見形狀的口唇。

　　孟德氣喘喘地把那隻舊金錶遞上去。當鋪老闆把眼鏡推到額前，然後戴上眼鏡。他把手錶上下翻看了一下，說：「八塊。」

　　孟德舐了舐破裂的嘴唇，說：「我非拿三十五塊不可。」

　　「那你到百萬富翁羅斯塞去討罷。」

　　「我花了六十塊買的。」

　　「那時是一九零五年，」他把錶交回給孟德。錶停了。他又慢慢的上了鍊。它又滴嗒滴嗒的響起來了，空空洞洞的聲音。

　　「以撒得趕到加利福尼亞找我的一個叔父去。」

　　「這是個自由的國家，」老闆說。

　　這時以撒正看着一個五絃琴，吃吃的笑了出來。

　　「他怎麼了？」老闆問。

　　「好罷，就八塊罷，」孟德喃喃的說：「但今夜我到哪裏去找差欠的錢呢？」

　　「我的帽子和大衣值多少錢？」他問。

　　「沒有交易。」老闆退到後面去寫了張押據，把錶鎖在一個小抽屜裏。但孟德仍聽見它滴嗒滴嗒的聲音。

　　在街上他把那八塊錢放進小紙袋內，然後在各衣袋內找一張小紙塊，找到了後就在街燈下用神的看着上面寫着的地址。

　　他們拖着腳步朝着地下火車站走去。孟德用手指了指天上散滿的星星。

「以撒，你看，今晚星這麼多。」

「雞蛋，」以撒説。

「我們先到費殊彬先生那裏去，然後再吃飯。」

他們在上曼哈頓下了車，走了幾條街才找到費殊彬先生的家。

「好一座宮殿！」孟德喃喃的説，盼望在這兒得到一刻的溫暖。

以撒望着那扇厚厚的門，顯得有點不安起來。

孟德按了門鈴。來開門的僕人，兩邊腮巴長了長長的鬍子。他説費殊彬先生和太太正在吃飯，不能見客。

「那我們在這裏等他吃完好了，我們不會打擾他的。」

「明天來吧，明天早上他就會見你了，晚上這個時候他是不會辦事或做慈善事業的。」

「我不是來求他施捨的——」

「明天來。」

「告訴他這與生死有關——」

「誰的生死有關？」

「如果不是他的，就是我的了。」

「別那麼神氣。」

「你看看我的臉，」孟德説：「看過後告訴我是否可以活到明天？」

那僕人瞪着眼看了他一會，又看看以撒，然後就無可奈何的讓他們進來。

　　客廳很大很高，牆上掛着許多油畫，閃閃發亮的絲質帷幔。梯級用大理石做的。地氈厚厚的，上面有花紋圖案。

　　費殊彬先生輕快地走了下來。他是個大腹便便，頭髮已禿的人，鼻孔長着長毛，穿着漆皮鞋。晚禮服的鈕扣上面繫着一條大餐巾。走到梯級最後的第五級時，他停了下來，仔細端詳他的客人一番。

　　「怎麼你這麼不懂情理？這是禮拜五的晚上，我又有客人來吃飯，胃口都給你弄壞了。」

　　「這樣打擾你很是對不起。」孟德説：「如果我現在不來，明天就不能來了。」

　　「別再説什麼廢話了，我餓得很，你就把話説出來吧。」

　　「餓……餓……」以撒泣叫着説。

　　費殊彬用手托了托他的夾鼻眼鏡，問：「他怎麼搞了？」

　　「他是我兒子以撒，他自出生到現在都是這個樣子。」

　　以撒像嬰孩那樣嗚嗚的哭了出來。

　　「我要送他到加利福尼亞去。」

　　「費殊彬先生不捐助人家去旅遊的。」

　　「我病了，他今天晚上得趕火車去見我叔父李奧。」

　　「除慈善機構外，我從不施捨給私人的，」費殊彬説：「但要是你餓了，我就請你到樓下我的廚房去。我們今天晚上有燒雞吃。」

　　「我要的只是三十五塊錢的火車票錢，其餘的我已有了。」

「你的叔父是誰？多大年紀了？」

「八十一歲，願他活得天長地久。」

費殊彬轟然大笑出來，說：「他八十一歲，而你卻託他照顧這白痴。」

孟德舞動着雙手，叫道：「求求你，求求你別這樣説。」

費殊彬禮貌地服從了。

「哪一家的門開着，我們就進去哪一家，」孟德説：「你給我三十五塊綫，幫我這個忙罷，善心有善報的。三十五塊錢在你看來算什麼？可是對我的孩子就受用不盡了。」

費殊彬板直了身子。

「我説過我的錢不給私人的，只給機構，這是我既定的政策。」

孟德霍地跪在地氈上。

「求求你，費殊彬先生，如果三十五塊錢不成，那麼就給我二十塊罷。」

「路易遜！」費殊彬生氣地喊道。

那個腮巴長着長鬍子的僕人在梯級上面出現。

「帶這兩個人出去──除非他想在離開前先吃點東西。」

「我的病燒雞是治不好的，」孟德説。

「請走這邊，」路易遜説，一面走下來。

以撒扶着他父親站起來。

「帶他到病院去罷，」費殊彬站在大理石扶手的旁邊回過頭來説，跟着就急急的跑上樓上。孟德父子二人亦馬上走了出去。風吹得很緊。

從費殊彬家裏到地下火車站那段路非常冗長。風聲悲鳴。孟德喘着氣，不時往兩旁的影子偷偷的瞧一眼。以撒冰冷的手掌，緊緊的捏着那六粒花生米，身體挨着他父親走。他們走到一個小公園內，打算在一株只有兩個樹枝的禿樹下面一張石橙上休息一會。兩個樹枝中，右邊的較粗大，在上面。左邊的較小，垂了下來。月亮朦朧，慢慢的升了起來。他們走近石橙時，有一個人慢慢的站起身來。

「想找死麼？」他粗暴的說。

孟德蒼白得血色全無，揮動着瘦稜稜的雙手。以撒長吼一聲。鐘聲敲了十下。十點鐘了。孟德痛苦地叫了一聲。剛才躺在石橙上的那個長了鬍子的傢伙馬上竄到矮樹叢去。一個警察聞聲趕來，拿着警棍在矮樹叢裏找尋一番，但毫無結果。孟德和以撒匆匆離開了公園。當孟德回頭一望時，看到那棵禿樹的粗枝，現在垂了下來，而那枝幼小的，舉了上去。他不禁苦哼了一聲。

他們上了電車，在一位好久不見的朋友的家門前下了車，但不幸這位朋友已死去多年了。他們就在那條街上找到了一家自助餐室，給以撒要了兩個煎蛋。人很擠，除了一個大塊頭的漢子坐着那張桌子還有空位外，找不到別的地方。孟德看了那漢子一眼，就帶着以撒匆匆的離開了。以撒哭了出來。

孟德還有一張寫了地址的紙條，但那是在皇后區，太遠了，他們只得站在人家的門廊內發抖。

還有短短的一個鐘頭，怎辦呢？他急得發慌了。

他想起了家中的家具，雖然破破爛爛，但總可以賣三四塊錢吧？「走吧，以撒。」他們又回到當鋪去，但裏面燈火已熄，鐵閘關得緊緊的——裏面金手錶和金戒指閃耀着奪目的光芒。

他們緊靠着一條電線桿站着，冷得僵了。以撒嗚嗚的哭了出來。

「以撒，你看，月亮，好大的月亮，通天都發白了。」

他用手指了指，但以撒這次不看了。

孟德幻想到天空突然發亮，四面八方都有長長的光帶飄下來。在加利福尼亞的天空下，李奧叔叔坐着喝檸檬茶。想到這裏，他感覺到溫暖，但一下子就被寒氣所驚。

對面街豎立着一間古舊的磚建猶太教堂。

他拼命的敲着那扇沉重的大門，但沒人來應。待呼吸正常後，他又瘋狂的再敲起來。最後，裏面傳出腳步聲，兩隻吊在粗大的銅鉸上的翼門嘰嘎一聲的開了。

一個穿着黑色衣服的教堂僕役走了出來，手中拿着那根蠟燭，燭淚涔涔而下。他瞪着眼望他們一下，問道：

「你想把教堂拆下來麼？這麼晚你敲門敲得這麼用力幹嗎？」

孟德把自己的問題告訴了他。「求求你，我想見見牧師。」

「牧師年紀老，現在已經睡了，他太太不會讓你見他的，你先回家吧，明天再來好了。」

「明天我已經不在人間了。我是個快死的人。」

　　那僕役雖然有點疑信參半，但他終於向隔壁一間木屋指了指：「他就住在那裏。」他又隱沒於教堂中，他手持着的蠟燭，在他身旁投下了雜沓的影子。

　　以撒的手緊抓着孟德的袖子，父子二人便上了木階，按了門鈴。五分鐘過後，一個闊面白髮，身裁魁梧的女人走出門廊來，睡衣上面蓋着一件破袍子。她斷然拒絕了孟德的請求，説牧師在睡覺，不能吵醒他。

　　他們正在爭論時，牧師卻蹣跚地走來了。他聽了一回後就説：「誰要見我？讓他們進來吧。」

　　他們走進了一個亂七八糟的房子。牧師又老又瘦，瘦得肩膊都垂了下來，鬍子也白了。他穿着一件法蘭絨睡衣和睡帽，腳是光着的。

　　「哎呀！」他太太咕嚕道：「快穿上鞋子吧，不然明天就準染肺炎。」她比丈夫年青得多，肚皮肥大得很。她看了以撒一眼，就別過了頭。

　　孟德抱着二萬分歉意的把來意説了。「我現在還差三十五塊錢就夠了。」

　　「三十五塊？」牧師太太説：「為什麼不要三萬五？哪裏來這麼多的錢？我丈夫是個窮牧師，我們什麼錢都給醫生拿光了。」

　　「朋友，」牧師説：「我有的話，一定給你。」

　　「我已經有七十塊了，」孟德心情沉重的説：「就只差三十五塊錢。」

「上帝會給你的，」牧師說。

「我到墳墓以後才能拿了，」孟德說：「我今夜就要，來吧，以撒。」

「你等一下，」牧師叫道。

他匆匆入內，拿了件皮裘鑲裏的長袖長衫出來，交給孟德。

「雅士嘉，」他太太尖叫起來：「這是你的新衣，不能拿去。」

「我有舊的，一個身體怎能穿兩件衣服？」

「雅士嘉，我要大聲喊了——」

「我穿了新衣後還能跟窮人在一起麼？」

「雅士嘉，」她叫道：「這個人帶着你的衣服有什麼用？他今夜就要錢用，當鋪都關了門。」

「他叫醒他們就成了。」

「不成！」她一手伸過去要搶孟德拿着的衣服。

他抓着長衫的一個袖子，跟她糾纏起來。這種人我是知道的，孟德想。「你這個貪婪無情的塞洛克！」孟德喃喃的說。她的眼睛突然發起亮光來。

牧師呻吟了一聲，搖擺不定，像要昏倒。孟德從她手中搶過衣服時，她大聲叫喊出來。

「快走吧！」牧師催促他說。

「走吧，以撒！」

他們出了屋子後，連忙跑下木階。

「別跑，你這個賊！」牧師太太在後面叫道。

牧師雙手按着太陽穴，跌倒地上去。

「救命呀！」他太太哭着說：「救命呀，心臟病突發呀！」

但孟德和以撒此時已拿着牧師的皮裘長衫跑了好幾條街了。金斯寶氣喘喘的在後面追來。

車站售票處只有一個售票的地方開着。孟德買了票後，已經很晚了。

時間匆促得連買三文治都不夠，以撒只得吃了那幾粒花生米，然後就趕着經過那廣大而荒涼的車站到月臺去。

「明天一早，」孟德一邊跑一邊喘着氣說：「就有人來賣三文治和咖啡，你就可以跟他買東西吃，但別忘了找錢。火車到加利福尼亞時，李奧叔公就在車站等你。你即使不認得他，他也認得你。記得代我問好。」

但他們到月臺口時，閘門已關，燈亦熄了。

孟德苦哼了一聲，用手擂着閘門。

「太晚了，」一個穿着制服的收票員對他說。他是個大鬍子，個子魁梧，鼻孔長着長毛，有魚腥味。

他指了指火車站上面的時鐘說：「已經過了十二點了。」

「但我看見火車仍在那裏，」孟德說，在悲傷中還存有希望。

「走了──一分鐘後就走了。」

「一分鐘就夠了，開閘門吧。」

「我說過太晚啦。」

孟德雙手擂着他瘦稜稜的胸膛，說：「我誠心誠意的求你幫這個忙。」

「忙我已經幫夠你了。這輛火車對你說來已經是開走的了。而且，你在子夜時分就該死去的。我昨天就跟你講得清清楚楚，我還不夠幫你的忙麼？」

「金斯寶！原來你是金斯寶！」孟德嚇得縮了回來。

「還有誰？」聲音鏗鏘，目露光芒，一面自得其樂的神色。

「我自己的事，我一點也不會麻煩你，」孟德懇求他說：「但我的孩子會怎辦呢？」

金斯寶略聳聳肩。「將來變得怎樣就怎樣。這不是我的責任。我自己的事已經夠煩的了，沒有時間來為只有半條性命的人耽心。」

「那你的責任是什麼？」

「創造環境。使要發生的事情盡快實現。我不是什麼人神同形論者。」

「我不管你是什麼論者，你究竟有沒有同情心的？」

「那不是我管的事，法律就是法律。」

「什麼法律？」

「宇宙間的法律，你問得真是他媽的多餘，就是連我自己也要依循的法律。」

「那算得是什麼法律？」孟德叫道：「天哪，你知不知道我為了這個可憐的孩子受過些什麼折磨？你看看他。三十九年來，自他誕生那天起，我就等着他長大，但他沒有長大。你懂不懂

做這樣一個孩子的父親心裏是什麼一種滋味？你為什麼不讓他去找他叔公呢？」他聲音越來越高，簡直在叫了。

以撒低泣起來。

「你最好靜下來，不然的話你就會傷害到別人的情感了，」金斯寶邊說邊向以撒霎霎眼。

「我這一生，有過什麼？」孟德哭着說，身體顫動起來：「我不但窮，而且身體又不好。工作時，每每工作過勞，不工作時，情況更慘。我太太年輕時就死了。但我從來沒求過人家什麼。現在我只求你一個小小的恩惠而已，你就幫個忙罷，金斯寶先生。」

金斯寶正用一根火柴枝剔着牙。

「你還不見得怎樣倒霉呀，朋友，有人比你還要壞上百倍呢，在這個國家就是這樣子的了。」

「你這條狗！」孟德向前一撲，叉着金斯寶的咽喉：「你這狗養的，你懂不懂『人性』是什麼意思？」

他們短兵相接的搏鬥起來。雖然金斯寶驚異得眼珠都突起，卻忍不住笑了出來，說：「你裝腔作勢做什麼？我把你溶掉算了。」

他眼冒怒火。孟德馬上覺得渾身發冷，好像有千萬把冰凍的匕首穿過他身體似的，便把全身收縮起來。

現在我死了，幫不了以撒什麼忙了。

　　一群人包圍着他們。以撒嚇得汪汪地叫着。

　　孟德忍痛死命抓着金斯寶。在他眼睛的反映中，他看到自己的恐懼。但他同時也看出金斯寶在他自己眼睛的反映中看到了他自己的憤怒。他看到了一種生出黑暗的亮光──一種閃耀的、燦爛的、奪目的亮光，卻居然生出黑暗來。

　　金斯寶嚇得呆了，問：「這是我自己麼？」

　　他緊抓着蜷縮一團的孟德的手漸漸放鬆。孟德頹然跌在地上，心跳幾乎停止了。

　　「走吧，」金斯寶喃喃的說：「帶他上車吧。」

　　「讓他們過去，」他命令守閘的說。

　　人群散去。以撒扶他父親起來，蹣跚地走下石階，到火車旁邊的月臺去。火車的燈已亮起來，準備開動了。

　　孟德替以撒找了個客車位，匆匆地擁抱了他。「以撒，盡量幫李奧叔公的忙，同時別忘了你爸爸媽媽了。」

　　「照顧照顧他一下吧，」他對管理員說：「凡事請幫他一下忙。」

　　他站在月臺上等候着；火車慢慢的開動了。以撒坐在椅子的邊緣上，他的臉朝着他旅程的方向望去，顯得很是緊張的樣子。火車離開後，孟德踏上梯級。他要看看金斯寶怎樣了。

擇業記

一

　　鄺寧自發現他老婆瑪芝與一位朋友私通後，一直弄得心緒不寧，精神萎靡。他深愛着瑪芝，也因此緣故，妒意更深，被人損害的感情也更難受。與瑪芝離婚後幾個月，他辭去了在芝加哥薪酬優厚的工作，教書去了。這是他想做了很久的事。在加州北部一個小小的大學鎮內，他找到了一份教作文和文學概論的差事。開始時他覺得非常過癮，但不久興致消失，教書也就成了苦事了。這轉變令他擔心異常，因為他希望以教書為終身職業。不過，他實在不敢肯定的說他目前對教書的厭煩是真正的厭煩呢，還是由於他自己不知道他究竟要不要這輩子繼續教下去。一離開課室，就是他煩厭的開始——學生習作，好像永遠改不完的，更不用說算分數、記分數這種煩瑣的事了。而且，對他這類人來說，教書要讀的書，實在太多。另一方面，他覺得對教書這門職業，期望太高了。他常以為（也許現在仍如此）教書是一種神聖的職業，得將自己奉獻給別人。這一點他對太太就沒有辦到。這不是他為人的態度。鄺寧是個個子高，塊頭大，肩膊寬的人，長了一大把褐色的鬍子。他煙抽得多，褲子

上盡是煙灰的痕跡，都是煙灰掉在腿上他用手拍去時留下的。他戒過一陣子酒，但最近又故態復萌了。除了學生外，在這小鎮上所看到的女人，沒有幾個不是結了婚的。他初來此時，同事常請他參加酒會，但他不想去惹同事的太太。

　　秋天已過。冬假時，他沒到別的地方去，百無聊賴的留在小鎮內。春季開課時，他的文學概論上，來了一個新學生，是一個比其他學生年紀較大的女學生。而且，她還有一點跟別的女學生不同的地方：她穿高跟鞋，衣服鮮明漂亮。淺色的頭髮束成一小髻，一根根髮絲從那兒飄下來，但除此以外，她實在是個整齊、成熟而又非常女性化的女人。她雖然不能説得上是個美人，臉孔卻長得非常開朗，非常逗人喜歡。酈寧對她那雙蘊藏着豐富經驗的眼睛和胸脯豐滿的身裁，尤其欣賞。她肩膊纖小，腿雖稍嫌粗重，但卻極為修長。起先，他以為她一定是學校一個教員的太太，但看久了，又不像，因為通常教員的太太在班上都有一個特點：既會説話，但又羞於説話。她看來不像已結了婚的。他也很欣賞她聽他課的態度。大部分他的學生在聽他讀書或唸詩時，要嗎是睡意矇矓，笨頭笨腦，或是眼睛睜得大大，聽得好像如醉如痴的樣子的。只是她與別不同。她一本正經的聽他課，好像要等着他説──或是已經得到──什麼人生大義似的。酈寧還注意到一點：別人上課可能是聽他唸詩，而她卻是聽酈寧而已。她的名字並不怎樣好聽──瑪莉·露·米勒。他鑒貌辨色看得出來，瑪莉對他的興趣是一個女人對男人

的興趣。而他自己經過了這樣一個漫長乾旱——幾乎可以説是凶險的季節後，對她的反應，也是一個男人對女人的反應。鄺寧本來從未想過要跟自己的學生搞在一起的，對這一個，卻躍躍欲試，雖然在原則上，他極力禁止自己。在愛情這回事上，他要依賴某些規矩來做保障，但若與學生談戀愛，根本就無規矩可言了。

他對她的興趣，有增無減。有時，下課後她會站在桌子旁邊等他，然後一同朝着他辦公室的方向走去。他常以為她這樣等他，一定有些私事要説，但每次她説的，無非是告訴他她很為這一首或那一首詩所感動。他覺得她的趣味太籠統了。瑪莉在班上很少背詩，而且，跟她談上五分鐘後，他就覺得有點乏味了。但他因此反而覺得有點高興，因為他對她的興趣，沒有因此減少。這已經是一種保證了。一天早上，趁着有一堂課空出來，鄺寧跑到註冊處，找了個藉口，把瑪莉的檔案抽了出來翻閱。令他微覺驚異的是她已經有二十四歲了，還是個一年級的學生。雖然他有時的心境老得像四十，但實在年紀，不過二十九歲而已。因為他們年齡相近，所以他決定約她出去玩玩（當然其中還夾雜着一些另外的原因）。説來湊巧，當天下午瑪莉就叩門來找他。原來她是為他剛才在班上發還的一個測驗而來找他的。她拿了個「C」減，這令她有點擔心。鄺寧替她燃了煙捲，發覺到當他向她解釋在試卷內她應怎樣怎樣答問題時，她一直用心地看着他，看他的眼睛、鬍子和手。他們只不過相隔一尺的

坐着，她舉起雙手來攏後面的髮髻時，那雙壓在衣服下面的大奶頭突了出來，分散了他的注意力。就在這次談話中，他向她提議週末的一個晚上駕車去兜兜風。瑪莉答應了，還說他們不妨在路途上找個地方喝杯酒。酈寧稍為猶疑了一下，就答應了。他們談話時，她一直好像從靈魂深處裏探頭出來的在打量着他，而他也感覺到自己一直就盡肉眼所能看見的在打量着她。

　　那天晚上駕車子出遊時，瑪莉靠着酈寧坐着。起先她是靠窗坐着的，但不久她溫暖的胴體就緊緊的貼着酈寧了，雖然他沒有看到她移動身體。他們在傍晚時分出發，因此車子開了一個鐘頭，天空仍是亮的。北加州的冬天，雖比他預料的冷，但比起芝加哥來，卻溫暖多了。而且，他現在正高興跟春天接近。他喜歡日長夜短的日子。今天晚上，能夠再和一個女人在一起，不禁馬上感到身心舒暢起來。車子駛過了不少他們倆人從未注意到的小山城，現在都亮起了霓虹燈。酈寧更注意到懸在汽車旅店門口的霓虹燈字樣：「空房出租」。他的情緒很好，部分的原因是知道春天將臨。另外一部分原因是他把這事情想過了，覺得沒有什麼好憂慮的。她已是成年婦人，不是個十八歲的黃毛丫頭了，因此別人不能說他佔她便宜。而且，他又離了婚，並不是要犯通姦罪。他對她的興趣，確是誠心誠意的。

　　這一次早春三月的車遊，實是賞心樂事。在歸途中，他們在紅崖上的一個酒吧停了下來。這地方離學校差不多有四十哩，不容易會碰到熟人。侍者把酒水拿來後，瑪莉喝了她那

份，然後就到洗手間去。回來後，又要了一杯滲冰的酒。她穿
了一件顏色鮮豔的藍衣服，裙子頗短，又沒穿襪子。平常上課
時，她既不擦口紅又不用指甲油。今天晚上她兩樣都擦了。酈
寧卻認為她不擦脂粉反而好看。她對他笑了笑。她的面，兩杯
下肚後，露了紅霞。靜下來時，她的笑容顯得有點憤怨味，幾
乎可以說是有點玩世不恭的樣子，使他感到非常奇怪。在旅途
時，他們兩人已略談過兩人自己的身世，他的話比瑪莉多，雖然
實在他是故意找話說而已。她在愛達荷州一個農莊內長大。他
則在伊利諾州的艾雲史頓城過了好一段日子，因為他的祖父是居
住在該地的一個傳教士。（酈寧十四歲時，就死了父親。）瑪莉告
訴他說她結過婚，但現在已離婚。他早已猜到了一點，現在她
既然說起來了，他也跟她說自己是個離了婚的人。他在檯下的
腳，覺得正擦着她的腳，後來才知道這是她的主意。酈寧此刻
大覺心滿意足，和瑪莉以一比二的喝着酒。但他第一杯還未喝
完時，她已叫第三杯了。她變得安靜些了，但當四目交投時，
她又笑了。

「我叫你做瑪莉·露爾絲，你不介意吧？」酈寧問她說。

「如果你喜歡的話，那隨便你，」她說：「但我的真名是瑪
莉·露，出生證也是這麼寫着。」

他問她結了婚多久才鬧離婚的。

「才不過兩三年，有一年還沒有同住在一起哩。你呢？」

「兩年。」酈寧說。

　　她拿起杯子飲酒。令他感到滿意的是，她對他的身世，並不尋根究底，只問了幾項事實就算。稍後如果他們談得投機，再交換有關身世的消息也不遲。

　　他燃起了一根煙，這是他入酒吧以來抽的第二根煙，而瑪莉卻一根接一根的接着抽。他對她緊張的神態感到有點奇怪。

　　「你覺得舒服罷？」酈寧問。

　　「我還好，謝謝你，」她撳熄剛點起的一根煙，想了一下，又燃起另一根。

　　她好像要跟他說些什麼似的，頓了一頓，終於說：「你教書教了多久了——我是說，如果你不介意我這樣問你的話。」

　　酈寧猜不出她腦子裏正想着些什麼。「沒多久，」他回答說：「今次是我第一次出來教書。」

　　「那你準備得真是用心。」

　　酈寧感覺到她的小腿緊緊的貼着他的小腿，有一種熱麻麻的感覺。可是此刻她卻有點心不在焉，漫不經心的環顧着酒吧內的人。

　　「你呢？」他問。

　　「我怎樣？」

　　「你自己上大學為什麼比人家晚？」

　　她把酒喝完了。「我高中畢業時，從未想到要上大學。我先做了兩年事，然後參加了婦女輔助隊的工作。」說到這裏，她就停了來。

　　他問她要不要給她再叫一杯酒。

「現在還不要，」瑪莉定了神的注視着他的面：「我想先跟你談些關於我自己的事情，你要聽麼？」

「那當然，只要你願意跟我講。」

「那是有關我自己的事。」瑪莉説：「我在婦女輔助隊時，碰到了一個叫雷‧米勒的傢伙，是個從羅德島來的軍佬。跟着我們便在那斯‧維嘉秘密同居起來。他的床上功夫真了得。」

酈寧睜着眼，盯着她，心想大概她是喝得太多了。他考慮着是否應在這時提出送她回去，但是瑪莉坐得安如磐石，把煙包中最後一根拿了出來抽，並且告訴了他還未講完的話。

「我這樣説他一點也沒有過分，因為他實在是這樣的人。他跟我結婚無非是想靠我討生活。他説服了我，使我事事對他言聽計從，而那時我也笨得可以，從不會説個不字，因為我那時確是愛他。我們離了軍職後，他就把我丟在舊金山一家破舊得像狗窩一樣的三房公寓裏，要我做應召女郎。他拿錢，我吃尿。」

「應召女郎？」酈寧幾乎苦哼了出來。

「那就是妓女——是你迫我説出來的。」

酈寧驟感星斗滿天。刹那間，他感到一種絞心嚙骨的恐怖和奇異的妒意。跟着而來的便是失望和失落的感覺。

「我聽了很為你難過，」他説。她腿上的肌肉抽緊起來，貼着他。他沒有移開，雖然他感覺到自己的腿也在發抖。手上煙捲的煙灰，掉了下來，就利用拍去腿上煙灰的當兒，酈寧終於挪開了自己的腿。瑪莉的面毫無表情。

瑪莉慢吞吞的在弄着她的髻，從頭上除下了一大堆髮夾，然後又一根一根的插回去。

「你現在對我的看法一定很壞了，是不是？」頭髮弄好後，她對酈寧說。

他撒了一個謊，說自己毫無意見。「我很為你這種經驗難過就是了。」

她凝神的望着他。「我只想你知道一件事，我現在再不用過那種生活了，我對那種生活已無興趣，但如果興之所至，我也許還會幹那種事，但不再是為了錢了。那種生涯，永不會再發生。」

酈寧說他實在奇怪這事怎會發生的。

「那不過是一種我非做不可的工作而已，」瑪莉解釋說：「最少我自己是這麼想。我幹下去因為我怕雷會離開我。他是個會照顧自己的人，知道自己要的是什麼，而我卻不知道。他是個有主見的人，而我卻沒有。」

「那他有沒有離開你呢？」

她點點頭。「我們為錢的問題吵起來。他說他要拿錢來做生意，但那是鬼話。」

「就在這時你不再幹了？」

她睫毛垂了下來。「並沒有立刻停止。我需要錢上大學，所以我還繼續幹了一會兒。但實在我並沒有幹多久，而錢也賺得不夠，這就是我為什麼要在飯堂工作了。」

「那你究竟幾時才停止不幹的呢？」

「和雷吵後的第三個月，我給警察抓了。」

他向她問了原委。

「我的房子給兩條舊金山警牛衝進來突擊檢查。但因為我沒有案底，所以法官准我保釋。我現在和今後一年都是假釋時期。」

「我猜你真的受夠煎熬了，」酈寧道，一面玩弄着酒杯。

「真的受夠了，」瑪莉說：「但我現在覺得自己已前後兩人了，我學會了不少東西。」

「在我們走前你要再來一杯麼？」他問：「時候已不早了，我們還要走一個鐘頭的路。」

「不了，謝謝你就是。」

「我再喝一杯就走。」

侍者給酈寧拿了杯蘇格蘭威士忌來。

「你為什麼把這些話告訴我？」喝了一口酒後，他問瑪莉道。

「我自己也不大清楚，」她說：「大概是我喜歡你，我喜歡你教書的態度，我因此就想到要告訴你了。」

「但為什麼？究竟為什麼？」

「因為我已經不是我以前的我了。」

「難道你的經過一點也不令你難過？」

「還不算怎樣。在今天晚上之前我早就想告訴你了，但在你辦公室內，不能喝酒，而沒有酒我說不出這種話來。」

「你要不要我幫些什麼忙？」酈寧問。

「譬如說呢？」瑪莉說。

「如果你要跟人談談你自己的一切，我可以介紹你一個心理治療專家。」

「謝謝你了，」她說：「我不要。我需要跟他談及我自己的人，得要是個僅為興趣，分文不取的人。」

她跟酈寧要了根香煙，一邊抽着，一邊等着他喝完那杯酒。

他們整裝準備離開時，瑪莉說：「我是這麼想的，過去的事，錯的不全在我，但現在事情已經過去了，我總有權利替自己的前程打算打算吧？」

「那當然，」酈寧說。

在歸途時，他感覺得「客觀」多了，而且對這個女孩子起了點同情心，可是他仍禁不住的感到失望，不時還生自己的氣。

「你現在大可以為較理想的生活方式而努力了，」酈寧對她說。

「我現在上大學，為的也就是這個，」瑪莉說。

二

酈寧過了好一大段時間，才漸漸把瑪莉「傷了她的心」這件事忘掉。他在腦海中把瑪莉想像成一個他可能要相守一個時期的女人。想不到她卻對他這麼坦白。這種「幻滅」的感覺凝久不散，使他老是不能定下心來。「這怎成，難道要像跟瑪芝一樣的重演一次麼？」他受夠了，不要重蹈覆轍，最少不要因瑪莉而重蹈覆

轍。跟往常一樣，他一星期在課室內看到她三次。她聽書還像以前那麼用心（也許興趣是減少了），但她不再找他談話，或下課後等着他一同走到他辦公室去了。酈寧知道這是對他一種表示：現在既然你知道我的身世了，下一步棋該是你走了。但他沒有走。他能跟她講什麼呢？跟她說，如果他不知道她身世那多好麼？現在他知道了，因此他偶然在班上看她一眼時，就不禁想到最後一個跟她睡在一起的人付款給她時的情形。他常常想念着她。他自己也不知道如果那天晚上他跟她出遊時，她沒有把身世告訴他，那麼現在他們間又會是什麼一種關係呢？他會不會由她的床上功夫猜想到她是吃這行飯的呢？他日日夜夜的想着要跟她做愛，有時想得頭都昏了，只好故意不去看她。這種慾念，實在難受，幸好一個月後，心境漸漸平伏下來。她對他的吸引力，已不像以前那麼強了，而他也常常察覺到，她的表情，再不如以前那麼溫柔了。他很為她感到難過，因此偶然對她笑了笑。間中一次，她報以微笑，但笑中很有點憤世嫉俗的意味。

　　酈寧新近交了個畫家朋友，名叫喬治·蓋斯，是藝術系的助理教授，為人活潑好動，只是頭髮未老先禿。通常在週末或週日的下午，酈寧就跟他一道去郊外寫生。喬治畫素描或水彩時，酈寧要嗎是站在旁邊觀看，要嗎是靠着樹腳坐着抽煙。有時他則沿溪而行，或走入林中散步。喬治結婚早，現在已是三個女兒的爸爸了，因此若碰到週末他抽不出空時，他就自己開車子去，或是一個人走路去，雖然平時他不太喜歡在鎮內走路，更不知往那個

方向走好。四月裏一個風和日麗的星期天，喬治忙着家裏的事分不出身來，酈寧乃自己漫步走着，但不久連走路都變得像例行工作，乃返回寓所，坐在床上。他真想找個人作伴，但想不出任何人來。幾番猶疑之後，乃找出瑪莉的電話號碼，打了電話給她。他自己也不知道為什麼會這樣做，但心中卻為此微感不安，這一點，他倒是知道的。「喂！你好。」她說。她一聽到是他的聲音，遲疑了一陣，但她的語調是蠻溫柔的。酈寧問她有沒有興趣跟他駕車到外面去走走，她答說很好。他開了車子去接她。她從家裏走出來時，態度有點冷淡，但她今天看來特別動人。他由此察覺到她在天氣暖的時候比冷的時候好看。

「最近好麼？」酈寧替她開門時，這樣問她說。

「馬馬虎虎，馬馬虎虎，你呢？」

「還好，」酈寧說。

「書教得怎樣了？」

「不錯，我現在比以前喜歡教書了。」

其實並不比以前好出多少，但要解釋起來可麻煩了。

她態度非常自然。他沿着他和喬治所發現的小路一直朝山那邊開去，開到一個形狀如一隻飛鳥的藍色的湖前面才停下來。他們把車泊了，穿過疏疏落落的松樹，走到湖邊來。他提議兩人沿着湖邊走一走，然後再回來。這一走走了一個多鐘頭。瑪莉對他說她好幾年沒走過那麼多的路了。

「人生的快樂真便宜，」酈寧說。

「不，一點兒也不便宜，」瑪莉説。

他沒答話。對上次的事，他們一字不提，其實也沒有什麼好説的。美麗的天氣使酈寧的情緒也輕鬆起來。他想起昨天晚上夢見瑪芝，早上起來時心中覺得很疙瘩。但現在他不能不承認，因為有瑪莉陪着，這次湖濱漫步才有這麼多情趣。她今天穿了黃色的棉紗衣服，把她美好的身段顯露了出來，而她的頭，從額前到髻後，也是第一次看見到她梳得整整齊齊的。她話很少，好像多説了一句就會毁了她一生似的。但她話匣子開了以後，他們就談得投機了。她坐在他旁邊，望着湖，跟他所認識的女人有什麼分別？他現在的想法是，她有她犯錯誤的權利，即如他自己有自己犯錯誤的權利一樣。可是，儘管他怎樣試着去忘記她對他所説過的話，她做過私娼這個事實，一直擾着他的心神。她閱人多矣，這些人若一一排列起來，隊伍有多長？他想都不敢想。他認識的女人中，沒有一個像她的，而他現在跟她在一起，已經夠不尋常的了。可是酈寧隨後又想到，「現在」是多麼不尋常的一段時間呵。在「現在」中，最要緊的是一個人要變成什麼，而不是他過去是什麼。現在她是一個雙腿粗壯但極其修長的女孩子，穿着黃衣服，坐在他旁邊，好像本來就屬於那個地方似的。酈寧想到這是他的一個好教訓。如果你對「過去」不加理會，「過去」就不會影響到你現在的生活。我們對「過去」非常害怕，因為我們以為它會影響到我們的將來。但是如果我們了解到生命已改變許多，而我們集中精力，瞧着改變的方向

走，依着改變的方向生活，那麼「過去」就不會對我們有任何影響了。這麼想着，酈寧又考慮到要跟瑪莉重交朋友了。

她站起來，拍下松樹的針葉，說：「熱得很，你不介意我脫下衣服到水裏去游一回吧？」

「我當然不介意，」酈寧說。

「你也來吧，好不好？」她問道：「你可穿着內褲，游完後再晾乾好了。」

「不了」，他說：「我不大會游泳。」

「我也不會，但我卻喜歡玩水，」她說。

她解開衣服的拉鍊，翻過頭脫了下來，然後一踢腳，摔了鞋子，卸下底裙和白色的內衣褲。他對她豐滿的胴體和乳房，欣賞極了。瑪莉走下水去，冷得抖了一下，就開始游泳起來。酈寧一隻手攔在膝上，抽着煙看着她。游了一會，瑪莉跑回岸上來，陽光下，她的肌肉發着亮光。她穿上內褲後，就一邊弄頭髮，一邊讓陽光晒乾她的身體。她浴後的身體看得他砰然心動。

她穿回衣服後，酈寧就提議晚上一同吃飯。瑪莉答應了。「但我們吃飯前你先到我家裏來喝點酒，好不好？我要你看看我家中怎樣佈置。」

他說想去看看。

飯後在歸途中她非常健談。她告訴他她童年的生活。她爸爸是愛達荷州一個種小麥的農夫。家中有一位姐姐和兩位兄弟，均已成家立室。她說她哥哥是個王八蛋。

「他現在景況很不錯了，」她說：「但雖然他整天滿口天堂上帝，私底下，卻是個大王八蛋，因為我十三歲那年，他把我拉到穀倉去迫我跟他幹那種事。」

「呵，天老爺，」酈寧說：「那你幹出亂倫的事來了？」

「那時我還小，」

「你為什麼把這種事告訴我？」酈寧說：「你怎會以為我愛聽這種事？」

「我猜我是相信你的為人罷。」

「誰要你相信我了？」酈寧大聲喊出來。

他把她送回家去，但在路邊就把她丟下，頭也不回的自己開車走了。

第二天上課時，瑪莉沒有來。幾天後，他就收到校方送來的瑪莉的退修通知。

三

過了一星期後，酈寧有一天看到瑪莉和喬治·蓋斯走在一起，心中馬上覺得又妒忌，又難受。他起初以為，他對瑪莉的慾念，早已消除。但現在看到她靠着喬治的旁邊走，言談狀甚親熱（喬治又聽得非常聚精滙神的樣子），加上她穿上一套白色的夏天衣服，非常好看。（而且，即使沒有了他，她還不是一樣好好的活着麼？）——這一切一切，重新喚起他的妒意和失落之感。他想他大概是愛上她了。酈寧看着他們走上藝術館的樓梯

後，也不知為了什麼緣故，心中幻覺驟生，竟然想像到他們裸着身子在喬治的畫室內互相擁抱着。這個意念，實在可怕極了。

我的天——酈寧想——我現在一想到瑪莉時，其難受情形一如當初我想到瑪芝時一樣。我實在不能再抵受這種折磨了。

他極力要把她忘掉，也極力禁止自己去猜度瑪莉和喬治間的曖昧關係。但他在湖邊所看到的胴體，在他想像中，她跟別的男人的關係，她跟自己所可能發生的關係，或者，譬如說，如果她做了他愛人的話，他們二人間現在會變什麼樣子了？——一想到這些，心情就更痛苦。一想到瑪莉過去的經驗，酈寧的感覺恍如一個在肌肉受傷的人，為了止住傷口的創痛，不惜用刀在完好的肌肉戳一刀。他唯一的解脫是酗酒，但酒醒後倍添惆悵而已。

一天早上，他妒心奇熾，不可忍受——對他說來，妒忌實在是一種無聊的情感，尤其是這個女孩子跟他幾乎可以說是毫無關係，而她的過去，儘管他怎樣替她好意分辯和解釋，卻是他不能忘懷的——竟然在藝術館對面建築系大樓的休息室內等了他們好幾個鐘頭。酈寧自己最初也不曉得為什麼要這樣做，但覺得他非這樣做不可。大概這是為了滿足自己的好奇心罷：他要知道喬治是否真的和瑪莉私通。但他等了幾個鐘頭，誰也沒有看到。第二天下午他遠遠的跟着喬治走到瑪莉的寓所去。他走進去的時候，還不到五點鐘。酈寧選了對面街離瑪莉家幾間屋前面的一棵樹下站着等他出來。喬治出來時，已是十點半。酈寧因此通宵失眠。

　　這件事對他生活的影響居然如此大，令他不禁寒心起來，不得不想個補救方法。他要不要打電話給她，請求她回到他班上，大家重修舊好？如果怕這事會引起校方注意，他何不乾脆就打電話向她道歉，說自己不該如此沒禮貌，然後要求她給他機會從新再做朋友？或者他可以把她的過去告訴喬治，嚇怕他。

　　喬治是個有家庭責任心的人，非常慎重。酈寧相信他一旦發覺有人懷疑到他跟瑪莉時，一定會罷手，因為他要繼續供養他三個女兒。但他又知道要向喬治「告」瑪莉這回事實在太下流，做不出手。可是後來他覺得心裏越來越難受了，乃決定了去告訴喬治。他深信只要他知道喬治沒有跟瑪莉發生什麼不尋常的關係，他的妒意就慢慢會消失，而瑪莉的影子，亦會隨着在他腦中消失。

　　他終於等到喬治約他一同出外寫生的一個下午。這機會實在太理想了，因為他可以在那個時候向他提起，不必特意的為這事把他從辦公室或畫室叫出來。他們走到森林的旁邊停下來。喬治正動手畫水彩畫時，酈寧就問他知不知道瑪莉‧露曾經在舊金山做過兩年私娼的事。

　　喬治用碎布把畫筆擦乾後，就問酈寧這消息從何處得來。

　　酈寧乃說是她自己告訴他的。「她嫁了一個吃軟飯的傢伙，迫她當娼，自己從中取利。他離開她後，她就沒幹了。」

　　「你這傢伙，」喬治說。他畫了不多久，就轉過頭來，問酈寧：「為什麼你告訴我這些？」

「我想你應該知道的。」

「為什麼我應該知道？」

「她難道不是你的學生麼？」

「不是。她到我辦公室來，說願意做我的模特兒。這兒找女孩子脫衣服做模特兒不容易，所以我就答應了。我們間的關係，就是這樣了。」

鄺寧覺得很不好意思。

他望了開去，說：「我沒有以為你們間有什麼，我只是以為你會想知道這些事，那就是說，如果她是你學生的話。我不知道她不是你的學生。」

「那我現在知道了，」喬治說：「可是我還是想用她做我的模特兒。」

「我看不出有什麼關係。」

「可是我得謝謝你告訴我這些，」喬治說：「我有時也覺得她行為有點像個野雞，跟這種人搞上了不會有什麼好事。」

鄺寧自己也覺得有點面目可憎，乃說：「老實說，我自己也有不是，因為我想過帶她上床的。」

「上了沒有？」

「沒有。」

「我幾乎上了，」喬治說。

雖然鄺寧無法知道喬治究竟有沒有跟瑪莉上過床，他現在卻可以相信喬治再不敢跟她親近了。回到家後，他覺得舒服些

了。但另一方面，他又覺得慚愧，慚愧得自言自語起來。儘管這樣，那天晚上，他總算睡得比平常好。

四

　　幾天後的一個晚上，瑪莉按酈寧的門鈴，走上樓梯。進門後，她便說有話要跟他談談。酈寧穿了睡衣，正在讀書，招呼她進來後，便問她要不要喝杯威士忌酒。她拒絕了。她面色蒼白，表情很不好看，穿着厚布長褲和垮兮兮的毛線衣，頭髮從髻後散了出來。

　　「我不是向你求恩惠來的，」瑪莉說：「我只想問你有沒有跟蓋斯教授談到我了？我是說我告訴你我在舊金山的事？」

　　「他說是我講的麼？」

　　「他沒說，可是我們一向相處得很好而他忽然轉變了，因此我猜想一定是誰告訴他關於我的事了。除了你以外，再沒有別人知道我的身世了，所以一定是你告訴他的。」

　　酈寧承認了。「我想以他所處的環境說來，他是該知道的。」

　　「譬如說呢？」她氣憤憤的問。

　　他猶疑了一會，說：「他結了婚，有三個女兒了，會惹起麻煩的。」

　　「那是他的事情，關你屁事！」

　　他承認她的話有理。「瑪莉，我很抱歉，我只能說我最近的日子很不好過，一切事情複雜得把我搞糊塗了。」

「那麼我呢？」她本坐在椅上，現在別過了頭，哭了。

酈寧給她倒了一杯酒，但瑪莉堅不接受。

「我把身世告訴你，無非是我以為可以信賴你，可以跟你做朋友。誰料你剛好相反。很抱歉，我告訴你的事令你這麼難受，可是我沒有告訴你，而比這些更難受的事情還多着呢。我要你知道的是，這種事再不會令我煩心了，因為我已和生命取得了妥協。」

「我卻沒有，」酈寧說。

「我不想聽了，」瑪莉說，說完就離開，不管酈寧怎樣去留她。

她走後，他想：她從經驗中學了一些東西，我卻沒有。他很為瑪莉感到難過，很為自己這樣對她感到難過。做個有道德的人真不容易，酈寧想。因此，在睡覺前他就下了決心，暑假後就不回來這學校了。他不想再教書了。

畢業禮那天，酈寧在街上碰到瑪莉。她穿着黃色的衣服。他們停了下來聊天。她長胖了，但面色不好看。他們一面聊天，她的胃一面隆隆作響，使她覺得不好意思，乃用手掩着腹部。

「這是用功的結果，」她說：「我好擔心考試呵，校醫對我說要小心，否則就會得胃潰瘍。」

酈寧亦勸她自己小心。「健康第一呵。」

他們就此分了手。以後酈寧再沒有看到她。但一年後，他在芝加哥收到她一張卡片，告訴他她仍在學校讀書，主修教育，希望將來教書。

女僕羅莎

　　女僕羅莎給看門人的太太說了自己的名字。她說她想找一份固定的工作，薪金不拘，工作環境不論，總之主人不是老太婆就成了。但如果別的找不到，那麼她只好連老太婆也服侍了。她年紀四十五，看來卻老多了，面貌憔悴蒼老，頭髮仍是黑的，眼睛和嘴唇都長得很漂亮。她僅有幾顆牙，完整無缺，笑起來時，嘴角顯得怪難為情的樣子。那一年十月初的天氣，在羅馬已經冷了，賣栗子的小販，已經爐火紅紅的出現街頭；可是這個女僕僅穿着一件破舊的黑棉線衣服，左邊裂了口，在屁股的縫口處，約莫開了兩吋，內衣褲都露了出來。這裂口已補過好幾次了，碰巧這一次又是破了未縫的時候。她粗大但線條長得很好的腿，裸露了出來，跟看門人太太說話時，腳上只穿着拖鞋。今天她替下面街一位太太做了一天洗滌的工作，所以現在把鞋子裝在手袋內，用手拿着。在那條斜坡的街道上，有三間較新的屋子，她每一家都留了自己的名字，以便人家有工作時通知她。

　　看門人的太太長得矮矮胖胖，穿着一件以前在這裏的英國家庭留下來的褐色蘇格蘭絨裙子。女僕託她留意找事時，她滿口

答應，但過後就忘了。後來，一位美國教授搬進五樓一家設備俱全的房子來，要她幫忙找個女僕。她便在附近給他找了個剛跟着她姨母從安布尼亞跑到羅馬來的十六歲女孩子。但那位從美國來的柯蘭度・格朗茲教授不喜歡那孩子的姨母把自己的甥女說得天花亂墜，談了幾句話，就打發她們走了。她告訴看門人的太太說，他要找的是一個年紀稍大些的女人，他不必為她煩心的女人。這個時候，她才記起羅莎來，乃按着她留下的地址，跑到她家去找她。羅莎住在愛皮亞・安特加路，離墓窖很近。她告訴羅莎說有一個美國教授要找傭人，如果羅莎答應給她一點好處，她就會給她介紹。羅莎聳聳肩，毫無表情的看着街上，跟着就對看門人的太太說她沒有什麼可給她的。

「你看看我穿的是什麼東西？」她說：「看看這狗窩，像人住的麼？我在這裏跟我的兒子和我的惡媳婦同住，我在家裏用的一針一線，她都給我算過。我在這裏，真是豬狗不如，你想我哪裏還有什麼東西可以給你？」

「既然這樣，那我就無能為力了。」看門人的太太說：「因為我得替我自己和我的丈夫着想呵。」但走到車站時，她又轉回來，對羅莎說如果她肯第一個月發薪後給她五千里拉，她就會給她介紹。

「他會給我多少錢呢？」羅莎問。

「你就向他要一萬八千里拉好了。你可跟他說你每天得花二百里拉車費。

　　「對呀。」羅莎說：「我去時得花四十，回來時又是四十。不過，如果他真給我萬八里拉，我就給你五千，但你要給我寫個收據，說明除此以外，我不再欠你什麼了。」

　　「那當然。」看門人的太太說。這樣說好後，她就給格朗茲教授推薦了羅莎。

　　格朗茲教授六十歲，人緊張得很。他眼睛是淡灰色的，嘴巴很大，下巴尖尖長長，中間微凹進去。頭髮全禿了，肚皮微微凸起，雖然他在其他部分都很瘦小。這個人，樣子有點怪，但卻是個法學權威——看門人太太對羅莎如此說。他整天在書房裏埋頭寫作，可是每隔半小時他就借故站起來，緊張地東張西望。他耽心這個，耽心那個，最後只好自己從書房裏跑出來，看看羅莎在做着些什麼，然後又回書房去了。半個鐘頭後，他又藉到洗手間洗手或喝開水為名，跑了出來，看看羅莎工作。她正做着她的分內事，動作敏捷，尤其是他走出來看着她的時候，手腳更快。她好像心裏有點不快的樣子哩，他想，但這不關他的事。他知道她們煩惱極多，有時搞得亂七八糟，所以這種事最好少理為妙。

　　格朗茲在義大利已經有兩年了，第一年他住在米蘭，第二年在羅馬。他租的公寓有三個大睡房，其中一個他用作書房。他的太太和女兒在八月時返回美國去，但快回來了，回來時，就住在另外兩間房子內。他跟羅莎說過，太太小姐回來後，他就會請她全天工作。公寓內有一間給女僕用的房子，她現在已拿來

作休息室之用（她現在的工作時間是九點到四點）。羅莎樂得跟他做全天工作，因為如此一來，她就可以省掉兩頓飯錢，省掉付給她兒子和他那狗面夫人房錢了。

　　在格朗茲夫人和小姐回來以前，羅莎替格朗茲先生買菜燒飯。每天她一到這裏時，就替他弄早餐，下午一點鐘時給他弄中飯。他晚飯是在六點鐘吃的，因她自動請求留下來，給他弄了晚飯才走。但他拒絕了，寧願晚上那頓到外面吃。早上買菜回家後，她就清理房子，用一條木棍穿着一塊濕布，把大理石地板，擦得一塵不染，雖然在格朗茲教授看來，本來地板就沒有什麼可擦的。除此外，她還幫他洗燙衣服。她實在很能幹，工作時，拖着拖鞋嘰哩咯咯的從一個房間跑到另一個房間。因為她手腳快，所以每天總在她該回去前一個鐘頭就把當天的工作做好。這個時候，她就回到自己房間去休息，拿出《時代》或《節奏》來看。或者是一些在每張圖片之下都有斜體字說明的愛情故事。她常把床拉出來，躺在氈子底下取暖。最近天氣變得陰雨連綿，公寓內冷得難受極了，這公寓管理處的習慣，每年要到十一月十五日才有暖氣供應的，要是在這時期以前天氣轉冷的話，那住戶只好自想辦法了。這種冷天氣令格朗茲極感不適，因為他要戴着帽子和手套寫作。這令他神經更為緊張了，而他從書房出來巡視她工作的次數也隨着增加了。在衣服上面，他還加了一件厚厚的藍色浴衣。有時，在這浴衣裏面，還繫着一個熱水瓶——他把熱水瓶放在背後，西裝外衣的下面。有時他還坐

在膠熱水袋上工作，這種裝備，羅莎看了就掩嘴笑了起來。要是他吃午飯後把熱水袋留在飯廳的話，她就會問他可不可以借用一下。通常他都會答應她的，於是她便一邊工作，一邊用肘挾着熱水袋，壓着腹部取暖。她說她肝有毛病。格朗茲不反對她每天工作完畢後到房內躺一會才回去，其理亦在此。

　　有一次，格朗茲在她房間附近的走廊聞到煙味，乃走到裏面去看個究竟。她的睡房是間長方形的小室，裏面靠牆橫放着一張窄床。此外還有一個小小的綠色衣櫃，一間相連的浴室：裏面有一個馬桶和一個坐浴池。她常在這浴池上用洗衣板洗衣服，但據他所知，她從未在這裏洗過澡。在她女兒受洗日的前一天，她求他准許她在他的大浴室內洗個熱水澡。他猶疑了一會，終於答應她了。在她的房間內，他打開了衣櫃內最下面的一個抽屜一看，原來裏面裝滿了一大堆煙屁股，是他在煙灰缸內遺下來的。他還注意到她從他廢紙簍中撿來的舊報紙、舊雜誌。她還收集繩子、紙袋、橡皮圈和他不用的鉛筆頭。自此次發視後，有時午餐剩下來的肉，乾了的乳酪，他就給她帶回去。為了報答這番好意，她就給他帶鮮花來。有時她還帶來一兩隻她媳婦養的雞所生的髒雞蛋，但他沒有要，因為他吃不慣雞蛋黃。他覺得她要換一雙鞋子了，因為她現在穿着回家的那一雙，已破了好幾處地方，而她每天穿的，還是那套露出內衣褲的黃色棉衣服，弄得他對她說話時覺得不好意思。可是，他想，這些事都等他太太回來時再說罷。

　　就事論事，羅莎知道這份工作實在不錯。格朗茲給她的待遇好，付錢又準時，而且還有一點：他從不像有些意大利雇主對她那樣呼喝。他性情雖然緊張而吹毛求疵，但人很好。他唯一的缺點是不愛説話。雖然他的意大利話説得很過得去，可是他不工作時，卻寧願坐在客廳的靠背椅上看書。全層樓內只有兩個人呀，你一定會以為他們偶然會講話吧？有時他讀書時，她給他遞上一杯咖啡，本想趁機跟他搭上幾句，訴訴苦。她要對他説，她守寡多年，窮日子很不好過，她兒子對她怎樣不好，跟她那窮兇極惡的媳婦同住，又是怎樣痛苦的一回事。雖然他對她的話常常禮貌傾聽，雖然他們「同屋共處」，甚至同用一個熱水袋和浴池，但他幾乎沒跟她講過話，他對她講過的話，不會比烏鴉對她説的多。他意思擺得很明白：他要耳根清靜些。因此她就沒有打擾他，在工作時也因此覺得非常寂寞。給外國人工作有好處也有壞處，她想。

　　沒多久，格朗茲開始注意到每天下午她在房間休息時，電話就響了。跟着的一個禮拜，電話鈴一響後，她就問格朗茲是否可以先走，不像以前必等到四點鐘才走。起初，她以肝不舒服為理由，但後來連藉口也懶得給了。雖然他心中不大高興她這種做法，恐怕對她多施一分恩惠，她就多佔他一分便宜，但他還是告訴了她，在太太回來前，她一星期以內，只要她工作做完，可以有兩天在三點鐘離開。他也知道她事情未做好是不會離開的，但覺得還是説出來的好。她柔順地聽着——眼睛發亮，嘴唇抖動——也柔順地答應了。過後，他偶然想起這事時，他就

推想到，羅莎今後大概再不會露出不開心的神色了，因為無論用任何標準看，她目前的工作，實在很不錯的了。但這推想不對，因為日後他觀察到，即使在她早退的兩天中，她仍是那副愁容滿面、唉聲嘆氣、心事重重的樣子。

　　他從不問她是什麼原因，覺得不論什麼原因，還是不理人家的事為妙。這些人煩惱很多，你一插手進去，就永遠拉不出來。他記得他同事的太太一次對她的女僕這麼說：「露克里西亞，我對你的情況很同情，但我卻不要聽。」格朗茲現在想來，覺得這種態度實在不壞。這樣子可使主僕間的關係維持適當的距離。反正他四月就要離開意大利了，這輩子再也不會看到羅莎了。以後在聖誕期間給她寄一張小額的支票來給她，對她說來，比現在毫無意義的介入她的苦惱好。格朗茲知道自己性急而緊張，有時更為此感覺到難過。但自己性格既如此，也沒有什麼辦法。因此除了與自己有切身關係的，或貼身關係的事情他不能不理外，別人的事，他只好不聞不問了。

　　但羅莎卻不肯跟他合作。一天早上，她敲了敲他書房的門。他說過「進來」後，她就腼腼腆腆的跑了進來，害得他在她未開口說話前，自己也難為情起來。

　　「教授。」羅莎非常憂傷的說：「打擾你工作，很不好意思，但我非找個人說話不可。」

　　「我正忙着。」他說，已經有點不大高興了：「你的事可不可以等一下？」

「我只要問你幾句話而已。一個人的煩惱纏着你一輩子，但要說起來，幾句話就說完了。」

「是不是你的肝又有問題了？」他問道。

「不是，我請你給我一些意見。你是個受過教育的人，而我只是個無知村婦。」

「什麼意見？」他不耐煩的問道。

「隨便你怎樣說都可以，要緊的是，我需要找個人說話。我不能跟我兒子講——即使這一次我可以講我也不願意跟他講，因為我一開口，他就亂吼亂叫一番。我的媳婦麼？我根本不想在她身上多費唇舌。有時我在天臺晾衣服時，碰到看門人的太太，我還會跟她搭三搭四的說兩句話，但她不是個有同情心的人，因此我只得來找你了。我告訴你是怎麼回事吧。」

他還未有機會對她說他不想管人私事，她已經開始講她的故事了。她說她在附近遇上了一個在稅務局做事的中年公務員，已婚，有四個孩子。有時兩點鐘下班後，他還兼做木工。他叫愛曼多，每天下午打電話找羅莎的，正是此人。他們是在公車上認識的。見了兩三次面以後，愛曼多看見羅莎的鞋子破得不能再穿，就求她讓他買一雙新的給她。她叫他別傻了，因為她看得出來他沒有幾個錢，他每星期帶她上電影院一次，已經令她心滿意足了。她話雖說過，可是每次他跟她見面時，他老是提起要給她買鞋子的事。

「我是個平常人呵。」她對格朗茲坦白說：「而且，我實在需

要一雙新鞋子，但你知道男女之間是怎回事，我一旦穿了他給我的鞋子，他就會抱我上床去。這就是我為什麼要來問你要不要接受他的鞋子了。」

格朗茲從禿頭到面上都紅了起來。「我實在不知怎樣去勸告你才好……」

「你是讀書人呀。」她說。

「可是既然形勢仍在假定階段，我就冒昧的給你說說吧。你該對你慷慨的朋友說，他的責任是照顧他的家庭，因此他不該送禮給你的，正如你不該接受他的禮物一樣。你不收他的禮，他就不能對你或你的身體有什麼要求。這就是我要說的話。你的事實在與我無關，但既然你開口問我，我就說了，但我不會再說第二句話了。」

羅莎嘆了口氣，說：「事實我真的想要一雙新鞋子，我現在那雙已經破得好像給山羊嚙破的了，六年來我未買過一雙鞋子。」

但格朗茲沒有答話。

羅莎下班返家後，格朗茲把她的問題想了一遍，決定買一雙鞋子給她。他覺得她希望他做的正是這些。說不定她跟他講的那番話，也是她的計劃之一。但這不過是他毫無根據的臆測而已，在未找到證據前，他只好相信她的話是別無用心的。他本來打算給她五千里拉，要她自己去買鞋子，省得她再來麻煩自己。但麻煩的是：他怎知道她會不會把這五千里拉用在買鞋子

上？説不定第二天她又來對他説，她肝病突發，看了醫生，用了三千里拉，因此希望格朗茲教授體諒苦衷，再給予三千里拉，以補買鞋不足之數。這不能。第二天早上，乘羅莎出外買菜時，他就躥入她的房子，急手急腳的把她鞋子的模型用筆和紙勾劃了出來。這實在是惡心的事，但他一下子就做完了。那天晚上，就在他常去吃飯那家飯館廣場內的一間鋪子內，他給羅莎買了雙五千五百里拉的褐色鞋子。這比他的預算多了幾百塊錢，但那雙鞋子很結實，縛帶、半高跟，是很實用的禮物。

　　第二天，星期三，他把鞋子交給她。他感到有點尷尬，因為儘管他再三對她説過不過問她的私事，結果現在自食其言了。但另一方面，他認為送鞋子給她是一種很好的心理措施。把鞋子給她時，他説：「羅莎，你跟我談起的事，現在我也許替你找到解決辦法。這是我送給你的一雙新鞋子，你就告訴你的朋友你不能再接受他的了。你見他時，你最好附帶告訴他，説從現在起你不能像以前那樣常常看他了。」

　　看到格朗茲教授對她這麼好，羅莎真是欣喜若狂。她想親親他的手，但他連忙把手伸到背後，跑回書房去了。星期四早晨，他給她開門進來時，看到她已穿上新鞋子。她手上拿着一個大紙袋，從裏面掏出了三個葉子還未掉下來的橘子，送給格朗茲。他説她不必如此客氣。羅莎乃半咧着嘴。（不讓牙齒露出來）笑説她要他知道她多感激他。後來她就問他今天可不可以三點鐘走，因為她要給愛曼多看看她的新鞋子。

「你工作做完就走吧。」他冷冷的說。

她對他千多萬謝了一番。那一天，她快手快腳的把工作做完，三點剛過，就準備要走。這個時候，格朗茲剛好戴着手套，穿着浴衣，緊張地站在書房門口，檢驗她剛抹過的地板。他看到她離開時所穿的鞋子，竟是一雙名貴的針織跳舞鞋！這事令他氣不過來。第二天羅莎上班時，格朗茲說她不應把他看做笨蛋；現在為了給她一個教訓，只好開除她了。她哭了出來，求他給她一個機會，但他不肯改變主意。她眼見苦求無效，乃淒涼涼的跑到自己房間去用舊報紙把自己零碎的東西包起來，哭哭啼啼的離開了格朗茲的家。那天很冷，他受不了，一點工作也做不來。

一個星期後的一個早上，暖氣開放了，而羅莎也出現了。她是來懇求格朗茲給回她的工作的。她樣子狼狽得很，據她說是兒子打了她，邊說邊用手輕輕的摸着她發脹了的瘀黑上唇。她淚水盈睫（雖然沒有哭出來），向格朗茲解釋說她雖然接受了兩雙鞋子，可是過錯並不在她。那雙跳舞鞋是愛曼多先送給她的，並強着她接受，大概是出於對「假想敵」的妒忌心。後來格朗茲又送了給她，她本想拒絕的，但怕因觸怒他而丟了工作。她可以指天發誓，這是真話。如果格朗茲教授肯要她回去，她答應去找愛曼多，把鞋子還給他，雖然她已有一個禮拜沒見他的面。如果他不要她呢，她只得投臺伯河自盡了。雖然他並不喜歡聽這種話，對她的境況，卻同情起來。他覺得自己這樣對待

她，實在不應該。他應該跟她說一兩句有關誠實的話，然後就不再提這問題了。把她開除後弄得兩個人都不方便，因為她走後，他用了兩個女僕，兩個都不合心意。一個偷東西，一個則懶惰得很。結果家裏弄得亂七八糟，不能做事（幸好看門人的太太每天早晨上來幫忙清理一個鐘頭）。現在羅莎突然出現求職，正是他的好運氣。她除下衣服的時候，他留意到她衣服的裂口終於縫好，令他快慰不已。

她一言不發就開始工作，抹家具、磨地板，總之，看到什麼東西就打掃什麼東西。她把床重新整理過，用掃帚掃過床底下還不夠，再用拖把拖過，把床的頭板和腳板擦得光光亮亮，被單也換上剛洗燙好的。雖然她工作效率快捷如昔，可是他觀察得出來她是不開心的，常常唉聲嘆氣，只有在他看着她時，她才裝上笑面。這是她們的天性，她們的生活太苦了，他想。為了免她再受兒子拳腳之苦，他准許她住到他家裏來。他要額外給她錢晚餐買肉吃，可是給她拒絕了，她說單吃麵糰已夠。她晚上那頓，就單吃麵糰和青菜。偶然一次，她把午餐吃剩的朝鮮薊煮了加油和醋來吃。他告訴她說她可以拿放在食櫥上的白酒來喝，也可以吃水菓。偶然一次她遵命吃了或喝了，但事後總告訴他吃了什麼，吃了多少等，雖然他一再吩咐她不必這樣做。家中一切，現在實在弄得井井有條。儘管現在每天下午三點鐘時，電話鈴還是依舊的響，但她現在跟愛曼多通過話後，很少離家出去了。

一個天色陰沉的早上，羅莎又來找格朗茲了。她神色倉皇地對他說懷了孕。她面色沮喪得發白，白色的內衣，隔着黑色衣服透露出來。

他惡心得要吐，怪責自己答應她回來。

「你得馬上離開了。」他說，竭力不讓自己聲音發抖。

「不成。」她說：「我兒子會殺我的，求求你，教授，幫幫我的忙。」

他被她愚不可及的行為氣壞。「你個人的風流事跟我毫無關係。」

「你得幫我忙啊。」她飲泣着說。

「是不是愛曼多幹的？」他問話的語氣，幾近兇蠻。

她點了點頭。

「你告訴了他沒有？」

「告訴了。」

「他怎麼說。」

「他說他簡直不能相信。」她想哭，但哭不出來。

「我會使他相信。」他說：「你有他的電話號碼麼？」

她告訴了他。他打電話到愛曼多辦公的地方去找他，告訴他自己是誰，然後請他馬上到自己家裏來。「你對羅莎要負的責任可不少啊。」

「我只對我的家庭負責。」多曼多回答說。

「那你早該就考慮到了。」

「好罷，明天下班後我就來。今天不能來，因為今天我要履行給人簽了的一份木工合約。」

「她會等着你來的。」格朗茲教授説。

電話掛斷後，他的氣亦平下了不少。他本來也想不到自己會如此動氣的。「你真的沒有弄錯吧？」他説：「我是説你有了孩子的事。」

「真的沒弄錯。」她現在哭着説：「明天就是我兒子的生日。如果他知道他媽媽幹出母狗不如的事的話，那真是他生日的大禮物。他一定會把我連骨頭都打碎了，如果他不用手，就用牙齒。」

「你這個年紀本來不容易受孕的。」

「我媽媽五十歲那年仍生孩子。」

「可不可能你弄錯了？」

「我不知道，從來沒試過這樣子的，我實在不知道，因為我寡居多年了⋯⋯」

「你最好去檢查一下，弄清楚。」

「是呀。」羅莎説：「我本想去找我附近的助產士去看看，但是我一個錢都沒有。我停工那幾天，把剩下來的錢都花光了，我來這裏的車費，都是借來的。愛曼多現在幫不了我的忙，因為這個禮拜他要給太太付牙醫費。她牙齒不好，怪可憐的。這就是我來看你的原因了，你能不能預支我兩千里拉？這樣子我就可以去看助產士了。」

　　我非結束這一筆糊塗賬不可，他想。隨後他便從皮包裏掏了兩張一千里拉面額的鈔票出來。「現在就去罷。」他說。他幾乎要對她說，如果真的懷了孕，就不必回來了。但他又怕她因此幹出傻事來。或者對他說謊，以求能繼續工作下去。但他實在不想她留下去了。他一想到太太和女兒回來，看到這種種夾纏不清的關係時，心中不禁緊張得發毛。他非把她遣走不可，越快越好。

　　第二天羅莎十二點鐘才來，比平常晚了三個鐘頭，她黑黑的臉，此時顯得異常蒼白。「對不起，我來遲了。」她喃喃的說：「我到我丈夫墳上禱告去。」

　　「那沒關係。」格朗茲說：「可是你去看了助產士沒有？」

　　「還沒有。」

　　「為什麼？」雖然他很氣，可是話卻說得心平氣和。

　　她望着樓板不說話。

　　「回答我的問題呀。」

　　「我正想告訴你，我在車上丟了你預支給我的兩千里拉，但我剛從丈夫的墳回來，不能不告訴你實話，反正遲早你總會知道的。」

　　啊，可怕，可怕，這種事情，永無了結之期麼？「那你把錢用在哪裏了？」

　　「這就是我要告訴你的。」羅莎嘆口氣說：「我給我兒子買了件禮物。我並不是說他值得我花這個錢，而是因為這是他的生日。」她眼淚跟着奪眶而出。

　　他盯着她看了一會，然後說：「跟着我來吧。」

　　格朗茲沒有脫下套在西裝上面的浴衣，就離開家裏，羅莎尾隨着。他打開了電梯的門，先走進去，然後用手攔着門，讓她進去。

　　電梯下了兩層樓，就停了。走出電梯後，他就眯起眼睛的讀着每家電鈴上銅牌刻着的名字，找到要找的人後，他就按門鈴。女僕出來開門，讓他們進去。看到羅莎的表情時，她好像吃了一驚的樣子。

　　「醫生在嗎？」格朗茲問醫生的女僕。

　　「我去看看。」

　　「請告訴他我想見見他。我就住在你們樓上，兩層樓上。」

　　「好的，先生。」她望了羅莎一眼後才進去。

　　那位意大利的醫生走出來，個子矮小，是個長了鬍子的中年人。格朗茲在公寓的中庭內曾經碰見過他一次。他一邊走出來，一邊扣着袖口鈕。

　　「打擾你，很對不起。」格朗茲說：「她是我的傭人，最近出了點小毛病，她想知道是否有了孕，你可幫幫忙麼？」

　　醫生望望他，又望望正用手帕擦眼睛的羅莎。

　　「你叫她進我的辦公室來吧。」

　　「謝謝你。」格朗茲說。醫生點了點頭。

　　格朗茲自己先上樓上去。半小時後，電話響了。

　　醫生來的電話。「她不是有孕。」她說：「她只是害怕而已。但她的肝有毛病。」

　　「你敢肯定沒判斷錯吧？」

「不會錯的。」

「那麼謝謝你了。」格朗茲説：「請給她一張藥方，記入我的賬，把賬單寄來我處好了。」

「好的。」説完後，醫生就掛上電話。

羅莎回來時，格朗茲就問她道：「醫生告訴過你沒有？你沒有受孕。」

「聖母保佑，聖母保佑！」羅莎説。

「真的，你實在好運氣。」他心平氣和的説，然後跟着告訴她不能再留在這裏了。「但是很抱歉，羅莎，我不能不斷的為這種事煩心。這會擾亂我的情緒，我不能工作。」

「我明白的。」她別個頭去説。

門鈴響，進來的是愛曼多，又矮又瘦，穿着一件灰色的長外衣。眼睛是黑的，很像滿懷心事的樣子。看見格朗茲和羅莎時，用手點帽為禮。

羅莎告訴他她要離開此地了。

「那我就替你收拾東西吧。」愛曼多説。

他隨着她走進傭人的房間，用報紙把羅莎的東西包好。

他們走出來時，愛曼多手裏攜着個買東西用的袋子，羅莎則捧着個用紙包起來的鞋盒。格朗茲乃把羅莎這個月餘下的工錢交給她。

「很抱歉。」他又説一次：「但是我不能不想到我的太太和女兒，他們幾天內就會回來了。」

　　羅莎沒說什麼。愛曼多唧着煙屁股，輕輕地替羅莎打開門，一同離開。

　　他們走後，格朗茲跑到佣人房裏巡視了一次，發覺羅莎除了他送給她的鞋子沒帶走外，其他東西都帶走了。在感恩節前幾天，他太太從美國回來了。這雙鞋子，她送了給看門人的太太。她只穿了一個禮拜，就轉送給她媳婦了。

菲臘・羅夫 (Philip Roth)

艾普斯坦

一

　　艾普斯坦的侄兒邁克爾到他家裏來度週末，晚上將要睡在他已去世了的兒子赫比以前的房中。房內擺着兩張床，牆上還貼着他心愛的棒球明星照片。艾普斯坦和太太躺在睡房內的床上（他們把床推到房的角落去）。女兒絲娜的房間是空的，她跟未婚夫（一個唱民歌的）開會去了。在她房間的一角擺着一隻她孩提時留下來的玩具熊，四平八穩的坐着，左耳插了個「請投社會黨」一票的圓形小徽章。她從前用來擺着塵封的露易莎·奧爾科特作品的書架上，現在則換了侯活·法斯特的全集。屋內靜寂得很。除了樓下飯廳內那幾支插在高腳金燭臺的蠟燭和赫比買的玻璃杯燭芯發出點點寒光外，整間房子再沒有什麼燈光了。

　　艾普斯坦望着睡房內黑黑的天花板，讓忙了一天的腦袋休息一下。太太高蒂在旁邊呼吸沉重得如喘氣。好像患了永久性的支氣管炎似的。十分鐘前，他看着她脫衣服，看着她把白睡袍套過頭去，看着睡袍滑落她狀如漏斗的乳房，滑落風箱似的屁股，滑落靜脈線粗密得如老樹盤根的大腿和小腿。從前緊緊細細，只合用手捏一把的，現在鬆弛得可以用手拉一把了。什麼

東西都搖搖幌幌起來。她穿衣服睡覺時，他閉起眼睛，回想到一九二七年的高蒂，一九二七年的艾普斯坦。現在他轉過身來，肚皮貼着她的背，想到一九二七年，乃伸手去摸她的乳房。奶頭垂了下來，有他的小指那麼長，像母牛的一樣。他反身睡到自己那邊去。

前門，有鑰匙轉動的聲音，跟着一陣耳語，然後門輕輕的關上。他全神貫注的去傾聽。這些社會主義者做事真是劍及履及啊！晚上單聽這種拉鍊拉上拉下的颼颼聲已夠你受了，怎睡得着？「他們在樓下幹嗎？」一個體拜五的晚上，他大聲問他太太道：「試新衣服麼？」現在，他又耐心的等着。他並不反對他們這種消遣。他不是清教徒，他很贊同年青人及時行樂這一套。難道你自己沒年青過？但在一九二七年，他和高蒂正是一對璧人哩。艾普斯坦一點也不像他那位短下巴的未來快婿，游手好閒，不務正業，只靠在酒館中唱民歌度日。有一次，他居然問起艾普斯坦三十年代「社會大變遷」的經驗是不是很令人「振奮」的一回事。

他的女兒絲娜，為什麼她不長得像——像對面街那個剛死了父親，與邁克爾約會過那個女孩子呢？那才像個美人兒。他的絲娜就不是了。這個以前長得紅嘟嘟的小女孩為什麼變成這個樣子了？她那瘦小的足踝幾時變得粗大如圓木？白裹透紅的凝脂嫩肉換來了一面粉刺？那個天真活潑的女嬰孩已搖身變為現在這個有「社會良心」的二十三歲婦人了。「社會良心！」他想。她一天到晚都忙着找示威遊行去參加，晚上回家時就伏案大嚼一番

……想到她和她的「吉他手」互相摸着對方的不可告人之處時他覺得這比犯罪更不可饒恕——簡直惡心。艾普斯坦在床上翻來覆去，樓下喘氣聲和拉鍊聲時有所聞，如雷貫耳。

颼颼——撕拉。

他們又在搞那玩藝兒了。他非想到別的事情去不可。嗯，想生意。現在離他計劃退休的時期僅有一年了，但他的艾普斯坦紙袋公司卻無繼承人。這間公司是他白手創出來的，在不景氣和羅斯福時代受盡不知多少苦難，最後總算在韓戰和艾森豪執政時期站穩了。一想到這公司由一個陌生人來接管他就覺得難過得不得了。但有什麼辦法呢？赫比如果不在十一歲時死於小兒麻痺症，現在已經二十八歲了。絲娜本是他的最後希望，想不到她卻選了游手好閒的人。怎樣？難道五十九歲的人還可以說生兒子就有兒子麼？

颼颼——唔嘿啊——哎呀——

趕緊閉上眼睛，封閉心念。他要回首過去，使自己埋藏於記憶中。譬如說，那頓飯……那天從辦公的地方回家時，看到自己的飯桌上多了個軍人，不覺嚇了一跳。更令他驚訝的是邁克爾這個孩子。不見了十多年，已長了個艾普斯坦家族的面孔（如赫比不死，也會有這個面孔），鼻微微翹起，結實的下巴，黑皮膚，和那一頭將來會變成灰白色的油潤的黑髮。

「看誰來了！」他一進門，指甲底下藏着的泥污還未洗去，高蒂就叫着說。

邁克爾倏地從椅子上站起來，伸出手説：「路易伯伯。」

「你弟弟的孩子真是個格列哥里・柏克，蒙地・克利夫，」高蒂説：「到此不到三個鐘頭就居然找到了女朋友。普通男人……」

邁克爾筆挺的站着，全神貫注，好像他未參軍前就學了好禮貌似的。「路易伯伯，希望你不會介意我不請自來。我上個禮拜調到蒙茅斯來，爸爸説我該趁機會來看看你們。這個週末是我休假，伯母説我該留下來 ——」他等着對方回話。

「你看，」高蒂説：「好一個彬彬君子！」

「當然，當然！」艾普斯坦最後説了話：「歡迎得很，你爸爸好嗎？」自一九四五年他把他弟弟索爾的股份買下來後，艾普斯坦一直就沒有提起過他。索爾一氣之下，搬到底特律。

「爸爸很好，」邁克爾説：「他問候你。」

「你也代我問候他，別忘了。」

邁克爾坐了下來，艾普斯坦知道這孩子對他的看法必如他父親，認為他是個老粗，只有想到自己那份生意時心跳才會加快。

絲娜回家後，他們四個人就坐下來吃飯 —— 就像赫比在世時一樣。高蒂跳來跳去，跳來跳去，他們剛吃完了一道菜後就從他們的鼻尖下塞進了第二道菜。「邁克爾，」她想起了前事，説：「你小孩時不愛吃飯的，但你的妹妹露芙就不同了。她吃的不多，但肯吃東西。」

經高蒂一説，艾普斯坦才想起邁克爾的妹妹露芙，一個嬌小玲瓏的黑髮美人兒，一個從聖經裏走出來的露芙。他望了自

己女兒一眼，又聽到太太絮絮不休的說：「露芙吃的東西雖然不多，但從不挑東西來吃，可是我們的赫比呵，他真挑得厲害……」她目光瞧着她丈夫那邊，好像艾普斯坦會記得清清楚楚赫比是屬於哪一類「胃口」似的。但他只低頭看着碟子上的烤牛肉。

「你好好照顧自己吧，邁克爾，慢慢你胃口也會好的……」

哎喲……哎——。

夠了，夠了，受夠了。他翻下床來，穿好睡衣向樓下客廳走去。他要好好的教訓他們一頓，告訴他們一九五七年不是一九二七年。不成，那是他們會對他說的話。

但在客廳內的不是絲娜和她的「結他手」。他不覺心寒起來，覺得有冷風從地板上透過他寬潤的睡衣褲管傳到他袴下來，冷得大腿皮膚都起了雞皮疙瘩。他們沒有看見他。他退了一步，退到拱道來，但他眼睛還是動也不動的看着樓下地板，看着自己的侄兒和他對面街的女朋友。

那女孩子的毛線衣和短褲都丟在沙發的扶手上。憑着客廳裏的燭光，艾普斯坦可以看到，那女孩子是脫得赤條條的。邁克爾在她身旁蠕動着。僅穿着卡琪布襪子和軍靴。那女孩子的乳房如兩隻奶白色的茶杯。邁克爾親着……親着。艾普斯坦興奮得有點刺痛。他不敢動，也不想動。不久，這兩個赤條條的，像兩節要接攏的火車廂一樣，擦的一聲碰上了。艾普斯坦在他們的喘息中尖起腳，顫巍巍的退了下來，回到床上去。

·

他怎樣也睡不着，大概過了幾個鐘頭吧，樓下的門開了，兩個年青人也離開了。但一兩分鐘後，他又聽到鑰匙轉動的聲音。是不是邁克爾回來睡覺了？還是——

撕拉——擦！

這一回，是絲娜和她的「結他手」！整個世界，整個年青的世界，醜的、好看的、肥的、瘦的都在撕拉撕拉，他想。他抓着自己那把灰白的頭髮，拼命的拉呀拉呀，拉得頭皮也幾乎拔了起來。高蒂翻了下身，咕噥了一聲。「呼……嚕——呼嚕——」她抓着氈子，一拉就全拉到她那邊去。「呼嚕——呼——嚕——」

牛油！她一定做着牛油夢了。天下人都撕拉撕拉時，她卻做着食譜的夢。他閉起眼睛，敲着自己的頭，一直敲到自己進入了老人的夢境。

二

你自己的煩惱，究竟是哪個時候開始的呢？後來艾普斯坦有多些時間來思索時，便這樣問自己。哪個時候呢？是不是那天晚上看到那一對赤條條的以後？或者是十七年前一個夏天的晚上，他把醫生從床前推開，伏下來吻了吻赫比以後？或者，是不是十五年前的一個晚上，他躺在床上時，所聞到的不是女人的氣味，而是狐臭的氣味？或者是自從自己的女兒用「資本家」這名堂來罵他，好像「資本家」是個臭不可當的名字，好像一個人一成功就犯了罪似的。或者根本與這些事無關，他尋求事故的開

端，不過是找藉口而已。其實真正的煩惱還不是自從那天早上他看見愛德‧考夫曼在公車站等公車時開始！

　　說起愛德‧考夫曼，為什麼偏要讓這個陌生人來改變自己的一生？她是個他不愛，也不能愛的陌生人，住在他對面還不夠一年，而且，讓這區域一帶的「是非部部長」卡斯太太說，她可能要賣掉這所房子，搬到他們在巴里格特的避暑房子去長住了，因為考夫曼先生已經逝世了。在那天早上以前，艾普斯坦很少注意到他這位芳鄰，皮膚黑黑，很好看，大胸脯。直到一個月前，她很少跟鄰近的家庭主婦來往，把全部精神和時間用在照料她患了癌病的丈夫身上。有一兩次，他對她點帽為禮，不過在那個時候，他對自己公司業務之關心，遠過於這種社交禮儀。實在說來，那個禮拜一的早上，即使他車子一直駛過公車站而沒有理會到她，也是很可能的事。那天正是初春四月天氣，在這個時候等公車，也實在不壞。榆樹上百鳥爭鳴，而太陽在天空閃耀得像個年輕運動員得到的金牌獎。愛德那天沒穿大衣，僅穿了薄薄的衣服。艾普斯坦看見她在那兒站着，看到她衣服下面的尼龍長襪，幻想着她內衣褲的顏色。忽然他看到躺在他客廳地氈上那少女的胴體，因為愛德是琳達──邁克爾的女朋友──的母親。因此艾普斯坦便把車子慢慢的駛近路邊，邀愛德上車。

　　「謝謝你，艾普斯坦先生，真麻煩你了，」她說。

　　「那裏，那裏，」他說：「我是去市場街。」

　　「我就在那兒下車好了。」

　　他油門踏得太用勁，使到他的凱士拿大房車向前衝時吵得像架沒有裝洩氣管的機器腳踏車。愛德搖下窗玻璃，讓風吹進來，然後點了根煙。半響後她說：「那位禮拜六約琳達出去玩的是你的侄兒，是不是？」

　　「你是説邁克爾？嗯！對了！」他面紅起來，愛德是不會知道什麼原因的。他覺得面紅到頸上來，乃故意咳嗽幾聲，使她以為他面紅耳赤的緣故是由於呼吸系統有毛病，致令血往上衝。

　　「他是個好孩子，很懂規矩，」她説。

　　「是我在底特律的弟弟索爾的兒子。」他説。為了使自己的紅光退去，他的思想轉到弟弟那裏去。如或他不是跟弟弟鬧翻，那麼邁克爾便是艾普斯坦紙袋公司的繼承人。他想不想這樣做呢？還是不是比由一個陌生人來接辦的好……？

　　艾普斯坦沉思時，愛德抽着煙，誰也沒再説話。車子在榆樹下駛着，樹上的鳥吱吱喳喳的叫個不停。天空萬里無雲，像一面藍旗。

　　「他很像你，」她説。

　　「什麼？誰？」

　　「邁克爾。」

　　「噢，不。」他説：「他和索爾長得一模一樣。」

　　「不像，不像，別賴啦──」噗哧一聲的笑了，口中噴出煙來，笑得前仰後翻，接着説：「沒有，沒有，他分明像你。」

　　艾普斯坦望着她，見她張開了紅紅的大嘴唇在笑他，為什麼

呢？哦，對了 —— 你的孩子長得像給你送牛奶來的人 —— 她在跟自己開玩笑。他也笑了，虧她想得出這個主意，他弟媳的一切比高蒂的一切還要下垂，還要鬆弛。

看到艾普斯坦的笑意，愛德笑得更放肆了。他媽的，讓我也來開玩笑，他想。

「你的琳達呢，她像誰？」

愛德突然閉上了嘴，也閉上了眼，剛才從眼中發出來那種光芒不見了。是不是他褻瀆了死者的名字了？可是別急，因為她雙手突然伸前，聳聳肩，好像要説：「誰知道，艾普斯坦，誰知道呢？」

艾普斯坦放聲大笑出來。他已好久沒有跟一個有幽默感的女人相處在一起了。他太太聽他説什麼，就信什麼。愛德‧考夫曼就不是這樣 —— 她現在狂笑得這麼厲害，乳房快要從她褐色的衣服炸出來了，她的乳房不是兩個小杯而是兩隻大碗。不一會，愛德又給他説了第二個笑話，説完了一個又接一個，直到艾普斯坦聽到他旁邊一個坐着機器腳踏車的交通警察喊着他，遞了一張傳票給他。原來他剛才樂極忘形，闖了紅燈。這是他在那天內收到的三張傳票中的第一張。第二張是那天早上稍後飛車到巴里格時收到的。第三張是黃昏時在公園道超速，因他不想太晚回家吃晚飯。這三張傳票一共是三十二塊錢，但正如他對愛德所説的一樣，一個人狂笑得淚水都流出來時怎分得清楚是紅燈還是綠燈呢？怎知道開得快還是開得慢呢？

那天晚上七點鐘，他把愛德送到街角公車站時，塞了一張鈔票在她手裏。

「來，這點小意思，」他說：「買點你喜歡的東西。」這樣，那天的開支共是五十二元了。

他轉到自己的街上時，已準備好要對高蒂説的話了，有人想買他的公司，因此忙了一天，事情看來很可能成功。

三

長了痱子？

他揪着半褪了下來的睡衣褲，在睡房的鏡子前面照來照去。樓下有鑰匙開門的聲音，但他看得太用神了，沒聽到。赫比常常長痱子，這是小孩子常有的事，但大人也會有的麼？他掀起褲管，挪近鏡子前面一點。説不定這僅是沙疹。對了，沙疹，因為過去三週來，天氣溫暖，陽光普照，他和愛德・考夫曼幹完了事就在前面的沙灘上躺着休息。沙一定跑進了褲管，在他開車從公園道回家時把那裏磨擦得紅紅腫腫。他退了一步，朝着鏡中的自己擠擠眼睛。高蒂走了進來，她剛在浴缸內泡了熱水，她説。她皮膚也泡得紅紅的。她的出現令艾普斯坦嚇了一跳，因為他正以哲學家凝神貫注的精神來研究他的「痱子」。他猛然回頭看時，腳給褲管絆住了，跌了一交，睡衣也滑了下來。呃，好一對赤條條的阿當阿娃！所不同的是，高蒂渾身通紅，艾普斯坦卻長了痱子，或是沙疹，或是 —— 他好像哲學家發現了

什麼要義一樣。對了，他馬上用手掩着袴下。

　　高蒂大惑不解的望着他。艾普斯坦則搜索枯腸，為自己這番舉動找解釋的話。

　　最後他說：「泡得舒服吧？」

　　「舒服，舒服極了，」她咕噥着說。

　　「小心招涼，」他說：「蓋些東西吧。」

　　「我招涼？你才會招涼呢！」

　　她瞪眼看着他橫放在袴下的手，說：「痛麼？」

　　「有點兒冷，」他說。

　　「那裏？」說着她就用手指着他掩護着的地方：「這裏？」

　　「渾身都冷。」

　　「那就全蓋起來吧。」他俯下身去拾起睡衣褲時，手一放閉，高蒂就呀的一聲叫出來：「那是什麼？」

　　他不能正視她面上的眼睛，因此只得望着她垂下來的乳房那雙紫眼睛。「大概是沙疹吧。」

　　「沙疹？」

　　「那麼就是疹子吧，」他說。

　　她走前一步，伸出手（沒有摸），用食指在那範圍內劃了個小圈圈，說：「那裏出疹子？」

　　「那有什麼什麼奇怪？」他說：「在手上在胸前都可以出疹子，在那裏為什麼不可以？出疹子就是出疹子了。」

　　「但怎會來得這麼突然呢？」她說。

「我怎知道？」他說：「我又不是醫生，說不定明天就退去了，我怎知道。說不定我是從公司裏的馬桶板染來的，那些黑鬼不像人——」

高蒂的舌頭卡搭卡搭的響。

「怎麼？你不信我的話？」

她抬起頭來望他，說：「我沒說呀！」跟着她全身檢查一次，手腳、肚皮、乳房，看看她自己有沒有染到他的「沙疹」。一切檢查好了以後，回頭看她丈夫一眼，又再看看自己的身體，突然，眼睛睜得大大的。喊了出來：「你——你——你——。」

「噓，」艾普斯坦說：「別吵醒邁克爾。」

「你這豬玀！究竟是誰，快說！」

「不是跟你講過了，那些黑鬼——」

「鬼話！你這豬玀！」她直奔床前，撲通一聲投身而下，弄得彈簧吱吱作響。「鬼話！鬼話！」說完後又跳下床，把被單一張張的拉了出來，「燒掉，每一張都燒掉！」

艾普斯坦從絆住足踝的睡衣褲抽出身來，直奔床前去。「你幹什麼啦——不會傳染的，這不過從馬桶板染來，只要買點阿摩尼亞——」

「阿摩尼亞！」她叫道：「你該喝阿摩尼亞才是！」

「不要這樣，不要這樣；」艾普斯坦叫着，一邊從她手裏搶過被單，平鋪在床上，拚命的把被單角塞到墊子下面去。但他前面的剛弄好，跑到床後面去弄另一邊時，高蒂已把他前面弄好的

翻了出來。他只得又跑到前面來 —— 高蒂又跑到後面去。「別踫我！」高蒂尖叫：「別走近我，你這豬玀，去找你的野雞去吧。」她一手把被單拉起，把它揉成一團，在上面吐了一口唾沫。艾普斯坦伸手去搶，於是頓成一場被單拔河比賽，直到把兩張被單扯得稀爛為止。這時，高蒂哭了 —— 第一次哭出來。她手上垂着一條條的白帶。「我的被單，我洗得乾乾淨淨的被單！」說完就撲到床上去。

門口出現了兩個面孔。絲娜嘆息了一聲：「阿彌陀佛！」「結他手」探頭進來看了一眼、兩眼，然後拔腿就走下樓。艾普斯坦隨手撕下幾塊白布掩着私處。絲挪進來時他一語不發。

「媽，什麼事？」

「你爸爸，」她在床上嗚咽着說：「你爸爸出 —— 出疹子！」說完後就啜泣起來，身體抽搐得厲害，連屁股上的肉都哭得顫呀顫呀的。

「對了，我出疹子，那算犯罪麼？快滾出去，讓你媽和我休息一下！」

「她幹麼哭呢？」絲娜毫不放鬆的問：「我要知道究竟！」

「我怎知道？我又不是什麼心相專家。這家人都瘋了，誰知道他們在想什麼？」

「別亂說我媽媽瘋了！」

「對我說話時客氣點！我是你的父親，知道麼？」他把身上的白布塊拉緊了點，說：「滾出去！」

「不!」

「那只好我來動手!」他朝着門口走去。絲娜動也沒動,而他也下不了手把女兒推出去。結果,他仰起了頭,向着天花板說:「她在我睡房中鬧示威遊行呢!快滾出去,你這種不知天高地厚的人!」他向前踏一步,大哮一聲,好像要把她像一頭野貓或野狗一樣嚇退。但他那一百六十磅的女兒卻把他推了回去,他傷心驚駭之餘,連被單都掉下來了。絲娜一直望着她父親。她擦了口紅的地方轉得青白。

艾普斯坦抬起頭來望她,求饒般的說:「我從馬桶板上染來的,那些黑鬼——」

他還未說完,又有人探頭進來,頭髮亂糟糟,嘴唇又紅又腫。原來是邁克爾,剛赴琳達‧考夫曼的約會回來(他週末都去看她)。「我聽到聲音,是不是——」他看到伯母光着屁股躺在床上,乃別過了頭,卻看到了伯父路易。

「你們都給我滾!」艾普斯坦叫道。

但沒人聽他的話。絲娜堵住門口——為了一種政治信念。邁克爾的兩條腿像生了根似的,既覺得難為情,又覺得好奇。

「滾!」

樓梯步聲隆隆。「絲娜,要不要我叫人來?」「結他手」在門外出現,一臉等着看熱鬧的神色。他打量了現場一眼,目光最後落在艾普斯坦的袴下,公雞嘴開腔了:

「他那裏幹什麼?梅毒?」

這兩個字在空中盤旋了一陣，帶來了和平。高蒂沒再哭了，從床上爬起來。站在門口的兩個年青人垂下了眼簾。她挺起了背，嘴唇移動了一下：「我要，我要——」

「什麼，媽，你要什麼？」絲娜問。

「我要——我要離婚！」她說完後，自己也覺得驚異，雖然最感驚異的是她丈夫。他用手掌拍着前額。

「離婚？你瘋了？」艾普斯坦四面看了一下，對邁克爾說：「她瘋了！」

「我要離婚！」她說完後眼睛向上一翻，在沒有被單的墊子上昏倒過去。

給高蒂聞過臭鹽後，艾普斯坦被逐到赫比的房間去睡，他在那張窄床上翻來覆去，睡得不慣。邁克爾睡在他身旁的另一張床，打着鼾。等到禮拜一吧，他想，禮拜一他去找人幫忙了。找律師。不，先找醫生。不消說，醫生一下子就可以向他證明他已經知道的事了——愛德·考夫曼是個乾淨的女人。他聞過她的體香，敢發誓她是乾淨的女人。這一點醫生是會向他證明的。他的疹子是他們兩人磨擦得來的結果。這只是短期性的現象，由兩個人招惹得來，並非是由一個人傳染給第二個人的。在這方面，他是清白的。雖然換了另一個眼光看來，他是否清白就不曉得了。但不管是怎樣染來的都好，醫生都會給他治理的。律師也會給他指示。到那個時候，什麼人都知道了——包括他弟弟索爾，他一定希望他越倒霉越好。艾普斯坦翻過身來

望着邁克爾那邊。邁克爾頭上有幾點螢頭亮光。他還沒有睡，長着一副艾普斯坦的鼻子、下巴和眉毛。

「邁克爾？」

「嗯。」

「你醒着的麼？」

「嗯。」

「我也是！」艾普斯坦説，然後抱着萬二分歉意的樣子：「鬧了這麼久──」

他又回看天花板：「邁克爾？」

「什麼？」

「沒有什──」但他又關心又好奇的問：「邁克爾，你沒染上疹子吧？」

邁克爾坐了起來，肯定的説：「沒有。」

「我只是隨便問問，」艾普斯坦急忙道：「你知道，我發疹子──」説完後，他綣縮起身子，不敢望着邁克爾。如果索爾不是那麼笨，邁克爾不就是艾普斯坦公司的繼承人了麼？但現在有什麼關係呢。這盤生意從來就不是他的，他不過是為他們工作而已。而現在再沒有「他們」了。

他用手掩着眼睛。「這一切的轉變，」他説：「我連在什麼時候開始都不知道。我，路易‧艾普斯坦，染了疹子。我甚至不再感覺是路易‧艾普斯坦了。事情來得這麼快，一下子就變了。」他又看着邁克爾，話説得極慢，把每個字都説得清清楚

楚，好像這個孩子不單是他的侄兒，而且還是好幾個人的化身。「我這輩子一天到晚忙着的，想着的，無非是希望在正當的範圍內，給我家人我自己所沒有的東西，若有半句虛言——」

他頓了下來，這並非是他想說的話。他亮了床頭燈，重新再說一次：「我到美國時，邁克爾，才七歲呢。那一天，我至今仍記得清清楚楚，你祖父母和我——你爸爸還未出生，這種事他是不會知道的了——你祖父母和我站在碼頭甲板上等查理·高士坦來接我們。這傢伙在老家時是你祖父的合夥人。總之，我們等着等着，最後他終於來了，要送我們到住的地方去。他手上拿了個罐子。你知那是什麼？火油！我們站在那裏，他就拿着火油罐往我們頭上淋，然後用手幫我們揉着，說是要替我們除去虱子。味道可怕極了。對小孩子說來這真是殘忍極了——」

邁克爾聳聳肩。

「哎！你怎會懂呢？」艾普斯坦喃喃埋怨的說：「你懂什麼？二十歲的——」

邁克爾又聳聳肩。「廿二歲，」他輕輕的說。

艾普斯坦可以講的故事還有許多，但他知道他現在的心事不是語言能表達的，因此多說幾個故事也沒用。他爬下床，走到睡房門口，推開門，站在那裏聽。他聽到「結他手」躺在樓下沙發打鼾的聲音。好一個「賓至如歸」的晚上。他關了睡房的門，再回到自己的房間去，搔着大腿說：「你信不信？她照睡不誤，一些也不受影響⋯⋯她實在不配。好，就算她會做菜，但這算

得什麼？她洗衣服整理家務，但難道這些也用得着給金牌獎麼？有時我回家，家裏亂得像個狗窩，灰塵厚得可在上面寫字，最少在地窖如此。邁克爾，告訴你，她要求離婚，我真是求之不得。」他扯着灰白的頭髮。「這怎搞的啦？我的高蒂怎會變成一具洗衣機？真是想不到的事。」他走到牆的盡頭，望着赫比收藏的棒球明星簽名照片……顏色都褪了，還是很久很久以前的事了。

「一天晚上，」艾普斯坦接着說：「在不景氣還未來前……你知道高蒂和我做了些什麼？」他凝神望着照片中一個名叫列德・華芬的棒球員。「你不知道，高蒂那時是個多漂亮的美人兒。那天晚上我們拍了好多好多照片。我把相機豎起，上了自動快門——那時我們還住在老房子——在睡房裏拍照。」他停下來，回首前塵。「我得承認，我要的是一張高蒂的裸體照片，隨身帶着。但第二天我醒來時，高蒂已把底片撕得粉碎了。她說她怕哪一天我發生什麼意外，警察打開皮夾子來看什麼證件時，那就好看了……」他笑了。「你知道女人家，膽小怕事……但我們總歸拍了照了，雖然最後沒沖洗出來。你說，有多少人會像我們這樣做？」過了一會，他把視線從列德・華芬轉到邁克爾來，看見他口角掛着微微的笑意。

「什麼？你笑我拍那些照片？」

邁克爾傻兮兮的笑着。

「嘿！誰道你從不想到這種事？」艾普斯坦也笑了：「我得承認，別人聽來也許會覺得不對，甚至以為我們犯了罪，但誰管得着……」

　　邁克爾收斂了笑容(真是索爾的乖兒子)説：「總有人會説的。那種事情就是不對。」

　　艾普斯坦倒是願意承認自己少年的荒唐行為。「也許，」他説：「也許把底片撕掉是做對了。」

　　邁克爾拚命地搖着頭，説：「不，不對，不對的就是不對。」

　　艾普斯坦明白過來了，他現在指責的不是拍裸體的路易伯伯，而是與人通姦的路易伯伯。突然，他大叫起來：「對的，錯的，對的，錯的，你和你爸爸説來説去都是這種話。你是誰？所羅門王麼？」他用力抓着床柱。「要不要我告訴你那天晚上我們拍照片時發生了什麼？赫比的小兒麻痺症就發在那天晚上，這一點我不會錯的。我們花了一年多時間，什麼辦法都想盡了，直弄到我筋疲力盡。説不定他是因為我們拍這些照片他才染到小兒痺麻症的，誰知道！」

　　「但是——」

　　「但是什麼？但是這個？」他指了指袴下。「你年紀少，不懂事，可是到人家把你的東西搶去時，你就會伸出手去搶回——也許做得很不好看，但你顧不到許多了。對的，不對的，天才曉得，反正淚水已模糊，分也分不清了。」他的聲音已低了點，但責罵之意卻越來越顯明。「別隨便亂罵人，我看見你和愛德女兒幹的事，你怎説呢？難道你做的就是對的麼？」

　　邁克爾已跪在床上。「你——你看見？」

　　「我看見。」

「但那不同 ——」

「不同？」艾普斯坦叫了出來。

「結了婚的人跟不結婚的人不同！」

「什麼不同你就不知道了。結了婚，做了人家的父親，兩個孩子的父親，而突然間他們把你的東西搶走 ——」他腳一軟，就橫倒在邁克爾的床上。邁克爾斜着身子往後看他的伯父，但不知怎樣做才好，因他從未看過一個五十歲以上的人哭過。

四

通常禮拜日早上的秩序是這樣：九點半鐘高蒂就開始煮咖啡，艾普斯坦則走到街上轉角處去買燻鮭魚和《新聞》報。鮭魚上了桌子，麵包上了烤爐，高蒂手上報紙的照片版正離鼻子兩寸時，絲娜就穿着垂到腳趾的晨衣，打着呵欠下來了。跟着他們就進早餐。絲娜罵她父親不應買《新聞》報，這無異是「把錢接濟法西斯主義者。」外面，異教人忙着到教堂去。這種秩序可說十年如一日，除這幾年來報紙距離高蒂的鼻尖越來越近了，而離絲娜的心越來越遠。她自己訂了《郵報》。

這一個禮拜天，艾普斯坦醒來時聞到廚房咖啡的香味。他偷偷的通過廚房下樓時（在他去檢查醫生前，他只能用地窖內的洗手間），聞到燻鮭魚的香味。最後，刮過鬍子穿好衣服進廚房時，他聽到報紙沙沙作響，好像另一個艾普斯坦（他的幽靈）在一個鐘頭前已經起來，替他做了禮拜天應做的事。在大鐘下面，絲

娜和那「結他手」、高蒂圍着餐桌坐着。麵包還在烤爐內未拿出來。「結他手」靠背坐在椅上，彈起結他，引吭而歌，歌曰：

「沉淪已多時

不再覺高低」

艾普斯坦拍過掌後，兩手揉在一起，準街吃飯。「絲娜，是你到外面買的麼？」他伸手去取報紙和燻鮭魚，並説：「謝謝你。」

「結他手」抬起頭來望望他，隨即想到了一句新詞：

「鮭魚，是我出去買的。」

唱完後就咧着嘴笑。這個慣於扮演小丑的傢伙。

「閉嘴！」絲娜命令他説。

他馬上給她伴奏，叮叮咚咚的彈了幾下。

「那麼謝謝你了，」艾普斯坦説。

「他叫馬榮，」絲娜説：「要是你不知道的話，我現在就告訴你。」

「謝謝你，馬田。」

「馬 ―― 榮，」絲娜的未婚夫説。

「我聽覺有點不靈。」

高蒂的視線暫時離開了報紙，抬頭説：「梅毒入腦。」

「什麼？」

「梅毒入腦 ――」

艾普斯坦怒氣沖沖的站了起來，問：「是你告訴她的？」他向着絲娜大叫道：「誰告訴她的？」

「結他手」停止了音樂演奏。誰也沒有做聲，他們大概在做反。他兩手抓着絲娜的肩膊說：「你放尊重點，我是你父親，知道麼？」

她掙脫了他的手。「你不是我父親！」

這些話把他嚇呆了——他馬上想起了愛德·考夫曼在車上跟他說着玩的話，她褐色的衣服和初春的天空……他手肘抵着飯桌，斜着身對太太說：「高蒂，高蒂，看看我，看看你的路易！」

她視線又回到報紙上去了，但這次她距離放遠些，不讓他曉得她視力不好，因為驗光醫師說她眼球肌肉已經鬆弛了（其他毛病且不說了）。「高蒂，高蒂，我犯了什麼彌天大罪？看着我，高蒂，看着我的眼睛，你告訴我，猶太人幾次才開始鬧離婚的了。」

她望了望他，然後又望絲娜，說：「梅毒入腦，我不能跟一頭豬同居。」

「我們想辦法補救吧，我們去看牧師——」

「他還會認得你？」

「但孩子呢？孩子怎辦？」

「什麼孩子？」

赫比死了，絲娜成了陌生人。她說對了。

「絲娜大了，曉得照顧自己，」高蒂說：「如果她願意，她可以跟我到佛羅里達去，我正打算搬到邁阿美去。」

「高蒂！」

「別吵別吵，」絲娜說，一心一意想趁熱鬧：「邁克爾就快給你吵醒了。」

「邁克爾今天一早就出去了，他帶琳達到海灘去了，到貝爾麻去了。」她竭力裝得非常禮貌的對絲娜說。

「巴里格特，」艾普斯坦咕噥的說，從飯桌上退了回來。

「你說什麼？」絲娜追着問。

「巴里格特，」他不想他們再問問題，離開屋子了。

在街轉角處的咖啡座，他買了份報紙，獨個兒坐下來喝咖啡，從窗口望着外面到教堂的人。一個漂亮的妞兒經過，手上拿着頂白色圓帽，彎下腰來脫鞋，把裏面一塊小石子倒出來。艾普斯坦看着她彎腰看得入神，咖啡瀉倒襯衣上去了。在貼身的衣裙下面，那妞兒的屁股，渾圓得似蘋果。他看了幾眼以後，突然像禱告時一樣，以手擂着胸前，一次又一次的擂着。「呀，天呀！我做了什麼事啦？」

咖啡喝完後，他拿起報紙，走出街來。回家？什麼家？他往對面街望了望，看到愛德·考夫曼在後院裏替她女兒晾內衣褲，而她自己也僅穿了一件三角背心和短褲。艾普斯坦四邊看了看，只看見異教徒正匆匆趕着到教堂去。愛德這時看見了他，對他笑笑。他一氣之下，就激動地橫過了馬路。

中午時分，在艾普斯坦家中的人都聽到一陣警報聲。絲娜本讀着《郵報》，這時抬起頭來聆聽，看看錶。「十二點了？我的錶慢了十五分鐘，爸爸的名貴禮物。」

　　高蒂這時正翻着馬榮給她買來的《紐約時報》旅遊廣告。她看了看自己的錶。「我的也慢了十四分鐘，」對女兒說：「也是他的——」

　　警報聲越來越大。「我的天，真像世界末日。」絲娜說。

　　馬榮一直忙着用一塊紅色的手帕擦着結他，一聽她這麼說，馬下閉起眼睛，尖聲唱起一支黑人唱的關於世界末日的歌來。

　　「別吵！」絲娜說，尖起耳朵來聽：「但今天是禮拜天，禮拜六才有報時訊號⋯⋯」

　　高蒂從沙發上一躍而起。「是不是空襲警報？好，來得正好！」

　　「這是警車！」絲娜說，氣得眼睛紅紅的直奔前門，因為她的政治立場反對任何警察行動：「來了，來了——是部救傷車！」

　　說完後，她奪門而出。馬榮隨後跟着，結他還掛在頸上。高蒂也拖着拖鞋，叭喳叭喳的在後面跟着。一到街上，她就馬上轉回家去，看看房門是否鎖好，恐防白天闖了個賊進來。關了也可防臭蟲、防塵。她再從屋子裏出來時，已不用跑到什麼地方去了，因為救傷車這時已開到對面街愛德・考夫曼房子的私用汽車道了。

　　門口已站滿了人——穿着睡衣或浴衣的鄰居，手上拿着報紙的漫畫版。還有正準備去教堂的異教徒，戴着白帽的妞兒。高蒂擠不進絲娜和馬榮站的地方去。但即使站在人群的後面，

她仍可看見一個年輕的醫生從救傷車裏跳了出來，一步跳兩級的跑上門廊去，插在後面褲袋的聽筒搖搖欲墮。

卡斯太太來了。她是個矮矮胖胖，面紅紅、肚皮隆得垂到膝下的女人。她拉了拉高蒂的手臂，問：「高蒂，這裏又出了什麼事了？」

「我不知道，吵得這麼厲害，好像是原子彈爆炸似的。」

「真的是原子彈時，你就不會這樣說了，」卡斯太太說。她打量了人群一下，然後就望着屋子裏面。「可憐，」她說。她想起了僅在三個月以前，一個颳風的三月的早上，一輛救傷車開到這裏來，把考夫曼先生載到療養院去，從此一去不回。

「煩惱，煩惱……」卡斯太太搖着頭，對考夫曼的景況，備極同情：「家家都有本難唸的經，真是不錯。她敢情是神經崩潰了，那不是開玩笑的事，如果生了膽石，取出來就是了，但神經崩潰，哎呀呀……你說是不是她女兒有病呢？」

「女兒不在家，」高蒂說：「她跟我侄兒邁克爾出去了。」

卡斯太太看不見屋內有人出來，就趁這段時間收集情報。「邁克爾是誰？是不是路易不再跟他說話的弟弟的兒子？」

「是的，就是住在底特律索爾的兒子——」

她沒說下去，因為前門開了。但仍沒有人出來。人群前面一個聲音發施着號令說：「讓一下，請讓一下。真討厭，快讓開！」是絲娜的聲音。「讓開！馬榮，快來幫我一下！」

「我不能把結他丟下——我找不到地方放下來——」

「推開他們！」

「但，但我的結他 ——」

醫生和他的助手一斜一歪的把擔架抬出正門。考夫曼太太站在後面，短褲的腰圍內插着一件男人的白襯衣，兩眼紅紅腫腫的。卡斯太太看到她一點脂粉也沒有擦。

「一定是她的女兒了，」卡斯太太說，腳尖翹了起來。「高蒂，你看得見麼？是誰？是不是她女兒？」

「我跟你講過，她女兒不在家 ——」

「退後去，退後去，」絲娜發着號令說：「馬榮，大聲叫一次，快點！」

那位年青的醫生和他的助手小心翼翼的扛着擔架，從前門石階的旁邊一步一步的走下來。

「誰呀？誰呀？」卡斯太太跳來跳去的問。

「我看不見，」高蒂說：「我看不……」她脫去拖鞋，尖起腳去看。

「我 —— 啊，天呀！天呀！」她一個箭步上前，大叫道：「路易！路易！」

「媽媽！媽媽！站到後面去！」絲娜現在用力擋住她母親，不讓她上前。擔架慢慢的滑進了救傷車內。

「絲娜，快放手！那是你的父親！」她向救傷車指了指。救傷車上的紅燈在慢慢地轉來轉去。愛德·考夫曼站在門口，手

指不停地撫弄着襯衣鈕扣。這時高蒂搶到救傷車後面去，絲娜站在她旁邊，攙扶着她的手臂。

「你是誰？」醫生問。他上前一步阻攔着她們，因為看她們的樣子好像是要直衝到救傷車裏面，撲在他病人身上似的。

「他太太 ——」絲娜叫着說。

醫生指了指走廊，說：「太太，你聽我說 ——」

「我是他太太，」高蒂叫道：「我是他太太！」

醫生望了望她一眼：「進去罷！」

高蒂由醫生和絲娜攙扶下進了救傷車，氣喘如牛。她一看到灰氈子下蓋着的白面孔時，忍不住「呀 ——」的大叫一聲。他眼睛閉上，皮膚比他頭髮的顏色還要灰白。醫生把絲娜推進一旁，爬了上來，救傷車的警鈴馬上響起，車子開動了。絲娜跟着車子跑了一陣，敲着門，但隨即住了手，轉過頭，穿過人群，跑到愛德·考夫曼的屋子去。

高蒂問醫生道：「他死了麼。」

「沒有，只是心臟病突發而已。」

她拍的一聲在面上打了一巴掌。

「別擔心，他沒事的，」醫生說。

「但他這輩從未有過心臟病。」

「上了六十歲年紀的人就難說得很了。」醫生一邊抓着艾普斯坦的手腕，一邊對她說。

「他才五十九歲呢！」

「好一個『才五十九歲』！」

救傷車闖過了紅燈，猛地向了右轉，把高蒂從座位上拋了下來。她坐在地板上，問：「但他身體健健康康，怎會——」

「太太，別問下去了，年紀大了，怎能跟小孩子時候相比？」

艾普斯坦睜開眼睛時，高蒂正用手揉着自己的眼睛。

「他醒來了，」醫生說：「說不定他要握着你的手或什麼的。」

高蒂爬到他身邊，望着他問：「路易，你沒事吧？痛不痛？」

他沒答話。「他知不知道是我？」

醫生聳了聳肩，說：「那麼你告訴他吧。」

「是我，路易。」

「是你太太，路易，」醫生也說了話。艾普斯坦眨了眨眼睛。

「他聽到了，」醫生說：「他沒事的，只要以後過着正常的生活就成了——我是說六十歲的人所過的正常生活。」

「你聽見醫生說的麼？路易？你只要過着正常的生活就成了。」

艾普斯坦張了嘴。舌頭好像一條死蛇一樣掛在牙齒上。

「你不要說話。」他的太太說：「也別擔心什麼，更不用擔心生意，一切沒問題的。絲娜會跟馬榮結婚的，所以你不用把公司賣了，大家都是自己人。你可以退休，好好的休息一下，公司交馬榮看管好了，他人聰明，又是個君子。」

路易在心中直翻眼睛。

「別講話，我會照顧一切的。你很快就會復原的，復原後我們就到別的地方去走走。如果你喜歡，我們可到沙勒陀格去洗鑛泉浴。就是你和我兩個去 ——」突然她緊緊的捏着他的手。「路易，你會不會從此過正常的生活？會不會？」她哭出來了。「要是你還是照目前那樣生活的話，那就等於自殺了 ——」

「好了，好了，」那年青的醫生說：「別那麼緊張，我們不想多了一個病人。」

救護車慢了下來，轉到醫院側門的入口處。醫生靠着車子的後門跪了下來。

「我也不知道我為什麼要哭，」高蒂擦着眼睛說：「他沒事吧？你既然這麼說的，我就相信你，你是醫生。」那位背上漆了紅十字的年輕醫生推開車門時，高蒂輕聲的問他說：「醫生，你有沒有藥可醫他另外一種 —— 這種疹子？」她指了指。

醫生望了望她，然後揭開了艾普斯坦蓋着的氈子，下面是赤條條的。

「醫生，是不是很嚴重？」

高蒂眼水鼻涕都流了出來。

「皮膚受了刺激而已，」醫生說。

高蒂一把抓着他的手臂。「你可不可以使它消退？」

「永不復發！」醫生說，跳下車子來。